저녁 7시에 울다

.

최미경 시집

저녁 7시에 울다

달아실시선
42

달아실

일러두기

1. 본문에서 하단의 〉는 '단락 공백 기호'로 다음 쪽에서 한 연이 새로 시작한다는 표시임.

2. 보조 용언과 합성 명사의 띄어쓰기 등 본문의 맞춤법은 시인의 의도에 따른 것임.

문을 열면
네가
나왔어, 라고 할 것 같아

조금만 조금만 기다리렴, 얘야

내가 갈게

내가. 네게 갈게

늦지 않게 갈게

2021년 6월
최미경

차례

저녁 7시에 울다

2부. 나는 I am

3부. 그 혹은 그녀 He or She

1부

너는 You are

그럴까

　네가 서해로 간다는 말에 갓길에 차를 세웠어 어딘가
세워져 있을 것 같은 이정표를 찾았지 네가 가려고 하는
곳이 어느 방향인지 몰라 왔던 길을 돌아보았어 길을 내
달려 겨우 선 곳이 모르는 곳이라니 잠시 한 번도 가보지
못한 너의 서해를 떠올려보았지 그곳엔 어떤 파도가 밀려
들까 천천히 입술을 열어 서해 서해 서해, 라고 혀를 부딪
혔지 그러자 선홍색 바다가 차선을 들어 올려 수평선까지
차올랐어 입안에서 모래가 서걱거렸지 흰 파도가 발목까
지 밀려와 그만 뒷걸음질쳤어 속도를 내며 달려오던 차들
은 바다로 가라앉고 멀리 둥근 등을 보이며 집들이 생겨
났지 그곳으로 가는 모래언덕 위에는 갈매기들의 발자국
이 어지럽게 모여 있었고
　발이 푹푹 빠지며 생각했지

　내가 서 있는 이곳에서─네게 떠나온 그곳은─얼마만
큼 멀까

　한 번도 가본 적이 없는 곳으로
　알 수 없는 것과

알고 있는 것들을 한꺼번에 끄집어 올려 그저
서해 서해 서해, 라고 불렀을 뿐인데
입에서 밀려 나온 파도가 꼭 너에게 닿을 것 같거든

세웠던 차를 다시 몰고 이 길의 반대편으로 달린다면
네가 간다는 그곳에 도착할 수 있었을까
밀려가고 밀려오는 생각의 파도를 멈출 수 있었을까
혹시
너를
건져 올릴 수 있었을까
그걸로 너의 푸른 피를 돌게 할 수 있을까
그것으로 너의 발을 너의 손을 차분히 적실 수 있었던
걸까
그럴까
과연 그럴까

뭇 꽃이 다 지도록

맨 처음 매화가 피었다

매화가 지니 목련이 피었고 목련이 지니 영산홍이 피었다

그 사이 개나리와 진달래가 피었다 졌지만

유채꽃이 피었기에 나는 노랗게 떨어지는 유채꽃 틈에
서 이팝꽃 피는 걸 보았다

이팝꽃 질 때는 아카시꽃이 피는 줄도 몰랐고

아카시꽃 질 때는 감꽃이 피어나는 줄도 몰랐다 그렇게
모르다 감꽃이 지는 사이

밤꽃과 접시꽃이 피었기에 키 큰 해바라기 피어오르는
것을 놓칠 뻔했다

밤꽃과 접시꽃과 해바라기를 차례로 보내고 백일홍이
오는 걸 보았다

백일홍 지고 나니 국화가 피었고 국화가 지고 나니 그
시절이 다 지났다

아무리 기다려도 너는 지지 않았다

봄과의 채팅

너를 불렀다

컴퓨터 모니터 위로 떠오르는 너는

자판 위를 뛰어다니며 색을 뒤집어쓴다

그게 봉숭아 꽃잎이었다가 그게 개나리 꽃잎이었다가 그게 목련 봉우리였다가 그게 사과꽃이 되기도 한다 그러다 통통 튀는 너는 작게 웅크리고 앉아 투명한 우물이 되었다가 길게 드러누워 노오란 강물이었다가 데굴데굴 구르며 연두색 바다가 되기도 한다 그러다 너는 그 바다에 발을 살짝 담그는 푸른 갈매기였다가 젖은 날개를 털며 밤하늘의 별이 되었다가 별이 떨어진 자리마다 살굿빛 눈물이 되기도 한다 너는 말이다 너는 그렇게 말이다 내가 보이지 않는 그곳에서도 잘 버티고 잘 지내고 잘 살아, 있었구나 너는 말이다 그렇게 말이다

누군가 죽기를

누군가 쓰러지기를
그래서 누군가 죽기를
그 누군가가 내가 아는 이기를
내가 아는 이의 죽음이기를
그래서 나는 죽은 이를 만나러 기차를 타기를
이 밤을 떠나기를
이 밤 기차를 몰고 저 새벽에 도착하기를
그래서 저 새벽을 끌고 죽은 이에게 가면
죽은 이는

나는 죽지 않았네 나는 죽지 않았으나 널 위해 어젯밤
죽었네 네가 탈 기차를 위해 네가 달고 올 밤을 위해 네가
서 있을 새벽을 위해 나는 죽지 않았지만 죽었네

라고 죽은 이의 죽지 않은 영정을 손으로 쓰다듬어보고
죽은 이의 가족들 손을 부여잡고 죽지 않은 이의 죽은 가
족들과 목례를 하고

내가 건넨 국화를 팔이 없어 못 받고

내가 건넨 부조금을 손이 없어 못 받고
내가 건넨 소주 한 잔을 입이 없어 못 먹고
내가 건넨 눈물을 눈이 없어 보지 못하고
죽은 이는 그저 웃고 그저 웃고
쓸쓸히 돌아서는 나를 향해

나는 죽지 않았네 나는 죽지 않았으나 널 위해 어젯밤
죽은 이가 되었네 결국 나는 죽지 않은 채 죽은 거야

라고 쓸쓸히 돌아서는 나에게 내 등에 대고 소리를 질
렀네
그 소리가 내 등짝에 찰싹 붙어
저 새벽을 따라
그 아침을 따라
기차를 타고
대낮이 되어서까지 떨어질 생각도 않고
지금까지도 내게 그 소릴 가끔 한다네

편의점 사용 설명서

커피는 물론 녹차도 있어요 초콜렛은 물론 사탕도 있구요 컵라면은 물론 볶은 김치도 드리죠 원한다면 식초와 설탕을 섞을 수도 있죠 국수도 있고 컵밥도 있어요 쌀국수가 담긴 일회용 제품도 있으니 천천히 둘러보세요 잘 쓰는 색깔의 칫솔과 좋아하는 향의 치약도 찾을 수 있고 코너를 돌면 생쥐가 그려진 팬티와 코끼리가 박힌 콘돔도 있을 거예요 필요하다면 면봉과 눈썹칼도 있어요 처음엔 뭐가 어디 있는지 잘 모르실 수도 있어요 다들 그러니까요 두 번 세 번 돌다보면 익숙해질 거고 그러다 재미있거나 식상해질 수도 있어요 그렇다고 여길 다 안다고 생각하진 마세요 서른 번 이상 돌았을 때 숨겨진 재미를 다시 찾았다는 이들도 만났고 백 번 이상 돌아도 여기서 무엇을 하고 있는지 잘 모르겠다는 이들도 있었으니 질문이 생겨도 껌을 씹으며 천천히 찾아보세요 그러다 천장 위에 볼록거울 세 개가 동시에 달려 있다는 걸 알아챌 거예요 그러다 CCTV가 달려 있는 것도 알게 되겠죠 크게 신경쓸 게 못 돼요 다들 처음엔 굉장히 기분 나빠했지만 그것도 익숙해지더라구요 있는 것들이 다 소용한 것도 아니고 없는 것이 다 무용한 것도 아니란 사실에도 익숙해지더라구요 그런데 천장만 보다가는 박스에 부딪힐 수도 있고 현금 인출기에 옷이 걸릴 수도 있으니 너무 한 곳만 보진 마세요 사방이 유리로 되어 조금 불편할 수도 있을 거예요 금방 적응할 테니 너무 가운데는 말고 적당한 곳에 자리를 잡고 앉으세요 의자는 네 개 테이블은 두 개를 붙여놓은 그곳이 적당하겠네요 혹시 '캔만 주세요'라고 붙여놓은 재활용 쓰레기통이 정면에 보일 수도 있을 거예요 그 위에 불안하게 쌓아 올린 아이스박스 열세 개와 계간지나 월간지 혹은 주간지나 일간지가 바뀌는 것을 바라보는 일에 나이가 드는 것을 짐작할 수도 있을 거예요 그러다 유리문 밖에서 맨발로 바닥을 짚고 다니는 비둘기를 볼 수도 있을 거예요 물론 그 비둘기는 당신이 들어서기 전부터 저 길에 있었죠 무서워하지 마세요 그저 이곳은 당신이 들어와 잠깐 머물다 사라질 곳이니 누구나 저 출입문을 통에 이곳에 들어올 테고 누구나 이곳에서 저 출입문으로 나갈 테니 들어왔던 곳으로 나가는 이곳이 그리 나쁘지 않을 거예요 낯선 무언가가 있어도 그 낯선 것들 모두 이곳을 나간다고 생각하면 당신이 들어선 이곳이 그리 불편하지만은 않겠죠 몇 개의 다른 문이 있지만 그중 몇 개는 열어도 썩 새로운 게 없을 것이고 그중 몇 개는 열리지 않을 거고 그중 몇 개는 환하게 안이 들여다보여도 들여다보이는 게 전부가 아닐 수도 있죠 여기 뭐가 있는지 다 알 필요가 없다는 걸 당신도 차츰 알게 되겠지만 이곳에서 어떤 일이 벌어지는지 일일이 신경 쓸 필요 없다는 걸 당신도 때때로 알게 되겠지만 이곳에서 누군가 노래를 부르거나 무언가 깨지거나 누군가 심각한 얼굴로 울거나 싸우거나 크게 웃는다고 해도 당신은 그저 모른 척해야 한단 걸 물론 알게 되겠지만 그렇다고 그리 냉담할 필요는 없어요 당신이 이곳에 들어서는 순간부터 당신은 적당히와 적절히와 적어도를 적막하게 혹은 적요하게 쓰는 방법을 천천히 배울 거예요 그럼 전 이만, 비둘기가 기다려서 이젠 여길 나가봐야 해요 행운을 빌어요 굿바이

어둠 속에서 슬픔이 문을 두드릴 때

그만 가렴 애야
네 잘못이 아니란다
너 때문이 아니니
그만 돌아가렴
눈이 언제부터 왔는지
바람이 흔드는 저 나무
바람이 뿌려놓은 저 달빛
바람이 주워 담는 저 그림자 위로
쏟아지고 있구나
쌓여가고 있구나
희고 흰 무게를 견디지 못하고
나뭇가지는 부러지고
달빛이 휘어지고
그림자가 묻히는구나
창밖은 온통 흰 소름
적막하구나
그만 가렴
애야, 네 잘못이 아니란다
너 때문이 아니니
그만
그만 돌아가렴

여우야 여우야 뭐 하니

　지금까지 우리는 끊임없이 어딘가에 앉아 혹은 어딘가에 서서 때론 어딘가에 기대어 준비 중이었다 의자 위에서 소파 옆에서 길 뒤에서 가로등 앞에서 준비 중이었다 노트를 펼치고 펜을 들고 가위를 꺼내고 풀칠을 하고 나무를 붙이고 통장을 떼어내고 버스를 오리고 촛불을 바르고 싹둑 신발을 자르며 준비 중이었다 무얼 만드는지 정확하게 알 수 없는 나와 너는 그와 그녀와 그들과 그들의 친구 가족들과 얼굴을 모르는 이름과 이름을 모르는 얼굴들과 섞여 준비 중이었다 네가 꺼내놓은 별을 그녀는 호주머니에 넣고 그가 흘린 말들을 그들이 주워 담으며 나는 그것이 카톡으로 지하철로 페이스북으로 타고 넘고 줄기차게 일으키는 것을 가만히 지켜보면서 준비 중이었다 우리가 준비하는 것을 우리가 함께 알아내기까지 우리는 준비 중이다

5월

바람이 불었어 너는 웃었지
바람이 다시 불었어 너는 다시 웃었어

그러니까 너는
바람이 네 머리칼을 지날 때마다 웃었어
그럴 수 있을까 싶지만
그랬어
바람이 너를 지날 때마다 네가 웃었지

바람은 너를 지날 때마다 네 웃음을 삼키고
큭큭 킥킥대는 소리로 5월이 가득 찼어
웃음소리는 웃음소리와 겹치고 웃음소리는 웃음소리
와 부딪치고 웃음소리와 웃음소리가 맞물리고 웃음소리
와 웃음소리가 꼬여서 웃음소리 웃음소리가 넘어지고 딩
굴고 가엽게 떠다니기 시작했어

네 웃음소리가 지독하게 울려 퍼졌어

그러자 바람이 네 앞에다 토하고 토하고 토하다가
바람의 구역질 소리로 5월이 텅 비었어
텅 빈 5월이 바람에 펄럭거렸어

종이 위에 시를 쓰다

우리는 말이야
태어난 곳 태어난 날
나를 밀어낸
나를 넘어뜨린
나를 절망하게 하는
나를 숨게 하는
이들이 분명하지
그런데 너는 말이야
어디서 어떻게 왔는지
너를 밀어내고 너를 넘어뜨리고 너를 수천 번 잠재우던
그 숱한 이들의 기억을
대체 어떻게 놔두니
그 기억이 기억을 기억하게 만들어 너는 이렇게 희고 희
게 되었니

이제 내가 네 몸 위에 글자를 뿌릴 텐데
내가 네 몸 위에 글자를 흘릴 텐데
네 몸 위에 글자를 쏟을 텐데
〉

무겁지는 않겠니?

둥글고 날카롭고 섬세하고 축축한 글자들이 서로 얽혀
몸을 함부로 굴리면

내가 하나씩 떼어낼게

걱정 마 내가 다 알아서 할게

조금만 버티면 드러날 거야

희고 찬 이빨들을

보여줄게

파헤쳐진 문장

주머니에서 삽을 꺼내 구멍을 파고 있으니
멀찌감치 쪼그리고 앉아 모래 위에 그림을 그리던 네가
묻는다
– 묻어줄 거니?

키만큼 쌓여 있는 단어들과 너를 번갈아보다
삽을 내려놓고 파헤쳐진 문장을 가만히 바라보았다
너, 라는 단어가 의자, 라는 단어 아래 웅크리고 있었고
창문, 이라는 단어의 어깨 위로 노을, 이 이마를 대고 있
었다
슬픔, 이라는 단어의 목구멍 안에는 빛나는, 이란 단어
가 걸려 있고
발등 위로 올라온 저녁, 이라는 단어는 달, 이라는 단어
옆에
바람, 이라는 단어를 앉혀두었고
그 셋은 내 발목을 바라보며
같이 갈래, 라고 낮게 중얼거리기도

알 수 없어 묻어두었던 것들을 하나씩 끄집어내

하나씩 세워놓고
하나씩 탈탈 털고
하나씩 뒤집어 까고
하나씩 하나씩 하나씩 꺼내어놓고
기억한다

읽을 수 없었던 젊은 꽃들과
읽히지 않았던 갈증들을
읽고 싶지 않았던 내 유년과
읽지 못한 아버지와
읽지 않은 아직의 나

못다 읽은 것들을 꺼내놓고
수십 개의 단어들이 서로 엉키고
수백 개의 문장들이 서로 얽혀서
수천 장이 수만 장이 펄럭거리며 날아가고
지구 반대편의 숲으로 날아가고

흰 테이블 위에, 아직

네가 쓴 문장을 보면 왜 눈물이 날까 아직 살아 버티고 있다는 너는 그 아직, 이라는 말을 아직 하고 있었고 아직, 이 언제까지 너를 붙잡고 있을까, 란 터무니없는 생각이 들어서 나는 그만 의자에서 일어났어 그러다 네가 쓴 살아, 가 테이블 위에서 고개만 까딱거리며 날 바라보았기에 나는 그 살아, 를 못 본 척하고 주머니에 손을 넣어 잡히는 대로 네 앞에 놓아두고 그만 돌아서려는데 네가 나를 불렀지 네 흰 손톱은 흰 테이블 위에서 내가 꺼내놓은 것을 가만히 굴리고 있었는데 그게 처음엔 아무것도 아니었다가 천천히 생겨났는데 그게 그만 사탕이었나 너는 사탕 봉지를 까서 입에 넣고 깔깔대며 웃었고 나는 다시 문을 나서려는데 네가 써놓은 버티고, 가 흰 테이블보 끝을 만지작거리며 아랫입술을 잘근잘근 씹어대서 나는 다시 의자에 앉아 너를 보았지 너는 버티고 있었지만 그 버팀의 물컹한 벽이 언제 쏟아져 내릴까, 란 나의 쓸데없는 생각들은 네가 여러 겹으로 만들어놓은 이 방의 창을 하나씩 세어보고 소리 내어 셀 때마다 아직, 살아, 버티고, 있다, 가방 안을 통통 뛰어다니며 꽃병을 두드리고 거울을 두드리고 나뭇바닥을 두드리고는 모조리 테이블 위로

올라와 흰 테이블보를 머리에 쓰고 가만히- 죽은 듯이-
너와 나의 심장을 두드려보지만 안이 훤하게 들여다보인
다고 생각했던 너를- 내가 볼 수 없었던 것은- 무얼까 그
냥 내가 깨뜨려버리면 이 세상의 가장 힘센 바람이 널 들
어 올려 이 방에서 끌어낸다면 그럼에도 너는 아직, 살아,
버티고, 있다 할까 내가 어떻게 해줄 수도 없는 사이 너에
게서 피어났던 꽃들이 하염없이 지고 있는데도 너는 너를
꽃으로 본 적이 없고 네 눈은 네 귀를 믿지 않고 네 심장
은 네 손을 가여워하지 않고

딸꾹,

어느 가을
너는

크고 헐렁한 상자를 딸꾹, 열었다

햇빛이 쏟아져 내렸고 나는 그 바람에 딸꾹질을 멈췄다
그때 네 손은

작은 토끼인형을 담고 있었고 두 권의 책이 담겨 있었
다 가족사진을 담고 그 옆을 지나던 나비도 담았다
그리고 네 눈은

나비 가슴에 새겨진 봄을 담고 봄을 떠다니던 구름을
담고 구름이 앉았던 가지 끝을 그 끝을 떠나던 새를 담고
새가 물어 나른 아침을 조용히 담고 있었다
그러자 네 귀는

아침을 걷던 해변을 담고 해변의 모래알을 그 모래알이
고이던 발자국을 그 발자국을 따라 걷던 그림자를 담고

그림자가 걸려 넘어진 노을을
　그 노을이 밀어내던
　네 눈물을
　네 눈물을 탐하던
　내 입술을
　내 입술이 탐하던

　그날을 담고 있었다
　결국

　자물쇠를 딸꾹, 채웠다

거기 내가 있고

어제는 슬펐다 오늘 아침 일어나보니 이유는 생각이 나질 않고 아직 남아 있는 슬픔은 물을 한 잔 마시고 운동화 끈을 단단히 묶고 현관문 앞에 서서

  – 오늘도 널 데리고 다닐 생각을 하니 뜬금없이 슬퍼진다

말했고 나는 마른침을 꿀꺽 삼키고 곧 괜찮아질 거라고 얘기한다 길을 걷는 동안 나는 네 그림자에서 살짝 벗어나 햇빛을 온전히 받았고 네 하얀 이마와 네 흰 콧등과 네 희고 흰 목덜미를 바라보다 그만 슬퍼지고 네가 내민 흰 손을 잡고 천천히 길을 걸었다

죽은 화분이 우릴 따라 걸었고 칠이 벗겨진 의자도 우리 뒤를 걸었다 구름이 내려와 걸었고 오래전 보았던 녹슨 자전거도 따라 걸었다 걸음을 멈추자 너와 자전거와 구름과 의자와 화분이 멈추었고 마음이, 한 걸음 뒤로 가 길에 누웠다 부드럽게
  〉

부드럽게 늘어나는 길이 허리를 틀어 언덕을 만들고 등을 굽혀 절벽을 만들고 낮게 쿨럭거렸다 걸으면 걸을수록 우리는 걸어야 했고 사막은 깊어지고 강은 끝없이 오르고 대체 우리가 언제까지 어디로 가야 하는지 누구 하나 묻지 않았다

긴 목소리로 울다

내가 본 펭귄은 지하도를 내려가고 있었고
그가 본 하마는 건널목의 중앙에 서 있었다고 해
얼룩말이 골목길을 나오다 그녀와 눈이 마주쳤지만 아
는 척하지 않았고
원숭이 두 마리가 자전거의 안장에 앉아 그를 모르는
척했지
레코드점에 들어선 고릴라의 취향을 너는 알 리 없고
내가 듣고 있는 음악을 들려줄까 했겠지만
나무늘보가 매달려 있는 저 높은음자리표도 얼마 후 잊
혀지겠지

너는 말이지
저 기린이 창을 두드릴 것 같니?
너는 말이야
코뿔소가 과연 사라질 것 같니?

분홍색 홍학이 레이스를 펄럭이며 뛰어가는 걸 보았다고
내가 말했던가
혹시 너도 보고 있었다고 말했었나
〉

나는

나는 말이지

우산을 쓰고 걷는 그와 어깨가 부딪힌 코끼리를 알고
있어

저 거북이가 오늘같이 비가 올 것 같은 날을 별로 좋아
하지 않는다는 것도 알고 있어

그러니 그만 돌아와줄래

네가 이겼으니

그만 숨어

한 수

아마도

처음 생겨났을 때의 봄이었을 것이다

네가 그 길에 들어서고

바람이 풀렸다

너와 나를 쥐고 있던

팽팽한 말들

누가 먼저 놓을지

잠시 잊기로 한다

어렵게 찾아온 이별

딱

한 수만 물리자

모든 것이 다 너이던 시간

개같은개같은개같은
불필요한불필요한불필요한
영원히사라져버릴영원히꺼져버릴영원히

더. 뭐가. 있지?

감정의 찌꺼기 감정의 굴욕 감정의 쓰레기 감정의

더. 뭐가. 있더라?

이 험난한 발자국들
이 험악한 골짜기들
이 험담한 사생활들

더. 뭐도 없는 더를. 나는 자꾸 되씹어대고
음악 같지도 않은 노래들을 종이 위에 쏟아내며 마음
같지도 않은 마음들을
암호처럼 지껄이면서 나는 자꾸 뭐도 없는 너를, 너를
자꾸 되씹어가고

무섭습니다

당신이 무섭습니다
흰 눈을 보여주시는 당신이 저는 참 무섭습니다
눈이 쏟아져 내리는 찬 하늘도 무섭습니다
물집 같은 흰 달도 저는
무섭습니다 지나가다 누군가 밟으면 툭 터질 것 같은
저 흰 달이 무섭고 아픕니다
아픈 저 달을 물고 가는 새가
제겐 무섭습니다 언제까지 아플지 모르는 병든 저 달을
물고
저녁으로 가는 저 새는
언제 짐을 풀고 언 날개를 녹일 수 있을지
가등을 기웃거리며 발자국을 지우듯 자신의 그림자를
문질러버리는 저 바람이
그 바람을 가만 올려다보는 길 위의 눈들이
무섭습니다 저는
아프고 무서운 이 겨울
당신의 등을 덮는 겨울
당신의 신발 위로 떨어지는 겨울
당신이 발자국을 낸 이 겨울
당신의 발자국을 지우는 겨울

11월

이 편지는 며칠이 지나 그러니까 12월 첫날에 열어보길 바란다 참을 수 있다면 꽃이 올 때 그러니 4월쯤 읽어보면 좋겠지만 차마 그러지는 못할 것 같구나 오늘은 뒤뜰에 바람 드는 걸 가만히 보고 있었다 그러고 싶었다 살아 있을 때 한 번도 해보지 못한 것들을 떠올려보니 가지에 새순이 돋는 거 꽃잎이 막 일어나는 거 고양이를 품에 안는 거 솜사탕을 입 안 가득 넣고 아무 말도 하지 않는 거 뭐 이런 시시한 것들이더구나 그래서 여기 있는 동안에는 그런 시시한 것들을 하고 있단다 그런데 그런 시시한 것들이 나를 따뜻하게 하고 나를 넘치게 하고 때론 나를 쓸쓸하게 하는구나 지금 네게 쓰는 편지처럼 말이다 자신이 죽을 날을 알 수 없다고 하지만 나는 딱 이맘때 그러니 11월 20일이 조금 지나 12월이 되기 전에 떠나고 싶단다 그러면 잎이 지듯 진 잎이 땅에 천천히 내려앉듯 내려앉은 잎이 가만히 부서지듯 부서진 잎이 잘게 아주 잘게 흩어져 흙으로 바람으로 숲으로 지상으로 오르고 내리고 또 오르며 사라지길 바란단다 그렇게 생각하니 정말 그렇게 될 것 같구나 그러니 애야, 나는 잘 있으니 오래도록 시시하게 잘 있을 테니 너도 그만 내 생각은 물리렴 그만두렴

어떤 낮

불쑥 들어왔다

바람도 없이
그 골목을 헤집고
나를 찾아냈다

그때 나는 벽 없는 집에서
꼬르륵 꼬르륵 아무렇게나 굴러다녔고
한쪽 손은 까맣게 언 채
다른 가슴은 차게 떼어낸 채
널 바라보고 있었다

너는 가장 낮은 의자를 어디선가 들고 와
나를 앉혀두고
발을 털고 손을 씻기고 얼굴을 닦인 후
희고 긴 천으로
창을 내고 문을 달았다

부엌에서 달달한 냄새가 피어올랐다
〉

봄을 풀어 너는 개나리를 굽고
진달래를 찌고 목련을 삶았다

창틀에 있던 별들이
하나둘 집으로 돌아가고

어떤 낮
난생 처음 봄을 맛보았다

네 기억 속에 나는 어떤 모습이었을까

네 입꼬리가 살짝 올라가거나 네 왼쪽 눈썹 위로 네 손가락이 올라가 있거나 체크남방 흰 면티 벨트 갈색 바지 네 운동화가 웃거나 찡그리거나 걷거나 뒤를 바라볼 때

방 안에 가만히 앉아 무방비 상태로 너를 기다린다

괜찮아 괜찮지 않아 괜찮아 괜찮지 않아 괜찮아 괜찮지 않아 칸칸마다 도돌이표를 매달아놓은 방 앞에서 너는 문고리를 쥐고 열었다 닫았다 열었다 닫았다 열었다 닫았다 열고는 목을 길게 빼고 사방을 두리번거리다 닫았다 열었다 닫았다 열었다 닫고는 고개를 갸웃거리고 검지손가락으로 인중을 두세 번 문지르고 열었다 닫았다 열었다 닫고는

아니었다 아니어도 되었다 그랬다 그래도 되었다 잊었다 잊어도 되었다 기억하지 못했다 그러해도 되었다 기억나지 않았다 그만하면 되었다 너무 오래된 일이라 너무 흔해 빠진 상황이라 너무 쉬운 결론이라 너무 그러했으니 너는 그러해도 되었다

＞

42

네가 열고 닫았던 저 문 안에서 나는 가만히 앉아 네 손이 닿았던 문고리에서 네 손의 손금들이 피어오르는 것을 보고 있었다 푸르게 붉게 희게 가늘게 문틈을 타고 올라오는 네 손금들 엉금엉금 올라와 사방으로 피어오르고 문을 벽을 메우고 방 칸칸마다 매달아놓은 도돌이표를 감싸고 바닥을 기어와 사방으로 기어와 방 안을 감싸고 내 발목을 올라와 내 종아리를 올라와 나를 나를 나를 감싸고 흔적도 없이 소리도 없이 사라졌다

취하지 않을 수 없는 너의 창가에서

창을 조금 열어두고
네게 말했어

아름다움에겐 꼬리가 있어
정작 자신은 그 꼬리를 볼 수가 없지
고양이 꼬리처럼 길고 탐스럽지 않아
뱀의 꼬리처럼 자신의 몸을 지킬 수도 없고
아름다움의 꼬리는 바로
슬픔이야
정작 자신은 볼 수가 없어
그래서 아름다움이 우리 주변을 천천히 돌 때면
우린 뜻하지 않게 슬픈 거야
그 꼬리를 보았던 게지
그래서 눈을 감아
아름다워서 슬프니까

열어두었던 창을 내다보며
너는 말했지
〉

그러면 그 꼬리를 떼어다 내 귓불에 달아두는 건 어떨까

그러면 그 꼬리를 떼어다

내 가슴에 숨겨두는 건 어떨까 내 손금 아래 끼워두는

건 내 엄지발톱 위에 올려두는 건

어떨까

네 귓속말이 내 귓불을 타고 흐르는 저녁

나는 손금을 풀어 길을 내겠지

우린 그 길로 이어지며

문득

멈출까, 멈추지 못해도

멈출까,

멈출 수 없으니

멈출까,

한없이 이어지며

그 사이에 떠오른 달을 곁눈질하겠지

아름답다 말하겠지 우린

눈을 감겠지

여전히 봄인 그대
— 나무에게

봄이 오니 알았소
그대
아직 그 자리더군요
거기
그대로더군요
잎도 가지도 하나도
늙지 않았소
입술도 손목도 하나도 변하지 않았소
여전히 그대 내겐 봄이오
단 한 순간도
아닌 적이 없었소
그러니 그대
부디 꽃피려 애쓰지 마오
그저
그대가 내 봄이오
내 남은 봄이오

2부

나는 I am

4월

벚꽃이 전쟁처럼 흩날리는 저녁
바그다드 도서관이 불에 탄다
길 위에 사람들은
낡은 책 안으로 사라져가고
죽음은,

검은 주머니 가득
모래 폭풍을 싣는다
어둠을 달리던 바람의 마차들
달빛 아래 드러나는 폐허의 이빨들
희망도
절망도
깨진 꽃잎을 주워 담으며 중얼거린다

…봄은,
학살이다

홀쭉해진 계절을 틈타
별빛도 마른 티그리스 강가

어린 소녀들의 물동이 안에서도

달은 자라고

포탄이 떨어진 자리마다

흰 꽃이 선다

슬픔의 페달

지금 내 나이에 무슨 첫사랑타령이냐고 하겠지만

나는 그녀와 첫사랑을 나눈다, 라고 쓴다

그녀의 입술 그녀의 머리칼은
나에게 분명 처음이니
그녀의 노트 그녀의 연필은 나에게 분명 처음이니
감히
그녀와 첫사랑을 나눈다, 라고 써야 옳지 않을까,
라는 터무니없는 생각을 하다 그만 슬몃 웃음이 삐져
나와
　그 웃음의 뒤꽁무니를 따라 그녀의 발 그녀의 종아리
그녀의 무릎을 천천히 따라 올라가다 그녀의, 라고 생각
하자 그만 풋, 하고 다시 기억이 삐져나와
　그 기억의 스커트를 쥐고 그녀의 허리 그녀의 배꼽 그
녀의 가슴을 천천히 쥐고 올라가다 그녀의, 라고 생각하
자 그만 핏, 하고 슬픔이 삐져나와
　그 슬픔의 페달을 굴리며 그녀의 목덜미 그녀의 뺨 그
녀의 이마를 천천히 밟으며 올라다가 그녀, 라고 생각하

자 그만 그만 그만 나는

　울어버렸다

길게 그림자를 늘이고 호수 위를 걷다가

읽지 않은 이메일
읽지 못한 문자
읽고 싶지 않았던 말
읽히지 않았던 몸짓
읽을 수 없었던 뒷모습
하나씩 물 위로 떠오르고 있었다
놓쳤던 손
놓았던 마음
놓치지 않으려 애썼던 기억
놓고야 말았던 시간
하나씩 그물에 걸리고 있었다

    오늘은 말이야 이곳에서 죽으려고 한단다 이 작은 호수
위를 천천히 걷다가 그만 기억이 풍덩 물속으로 잠기면
그 물길에 나도 들어서려고 나도 잠기려고 말이지 그림자
를 길게 늘이고 걷는 나를 좀 보렴 이쯤하면 오늘은 딱 죽
기 좋은 날이지 않니

    다리를 놓아줄까

징검돌을 놓아줄까

배를 놓아줄까

어깨를 놓아줄까

하나씩 떠오르는 것들을 큰 소리로 말하고 있었다

그 문장을 읽어줄까

저 구름을 읽어줄까

저 풀잎을 읽어줄까

그 숨소리를 읽어줄까

하나씩 걸리는 것들을 작은 소리로 중얼거리고 있었다

어제는 말이야 밤도 깊고 할 일도 없어서 똑바로 누워
서 우주의 뒤를 상상해보았어 그런데 왜 나는 이 호수가
떠올랐을까 걸어도 걸어도 다시 되돌아오는 이 작은 호수
를 돌며 그림자를 길게 늘이고 걷고 있는 나를 좀 이해해
주렴 어제도 그제도

그럴 수 없지만,

나의 늑골 안에는
두 개의 무덤이 있다
하나는 따뜻하고 하나는 물컹하다
하나는 차갑고 하나는 우울하다
하나는 쓸쓸하고 하나는 말이 없다
본디 익숙했던 것과 아직 낯선 것
만날 때마다 고통이었던 것과
만나자마자 눈물을 쏟아냈던 것
매일매일 보고 싶었던 것
순간순간 잊고 싶었던 것

두 개의 무덤은

두 송이의 꽃이었다가
세 개의 우산이었다가
네 마리의 고슴도치였다가
다섯 그루의 나무가 되고
셀 수 없을 크기가 되고 셀 수 없는 한숨이 되고
있을 수 없는 것들이 되어 나의 늑골 안으로 나의 늑골

안으로 그의 늑골 안에서 그녀의 늑골 안에서 천천히 기
어 나오고 한없이 기어 들어가고

없는 계절을 쓰다

쓰고 불안해하며 썼다 저게 꽃이야 저게 나비야 그러다 썼고 저게 달이야 저게 강이야 그러면서 쓴다 여전히 머뭇거리며 쓰다 뒤돌아보면 썼던 별은 반짝이질 않고 덜덜 떨다 가라앉고 쓰고 있는 봄은 비도 내리지 않고 꽃도 피질 않고 바람도 없다 어제만 불안했나 싶어 어제라고 쓰고 지웠지만 지웠던 자리에 그제와 그끄제의 불안이 돌돌 말려 그 자리에 머문다 나는 쓴다 불안해서 썼고 불안이 나를 끌고 와 쓰게 만들었다 불안이 나를 끄집어내어 의자에 앉히고 불안이 나를 깨워 창 앞에 세워두었고 불안이 나를 흔들어 문밖으로 떠밀었다 계절은 겨울도 봄도 아니고 시간은 새벽도 정오도 아닌 날개를 가진 것들이 파닥파닥 날아오르면 이 계절이 겨울에서 봄으로 날아갈까 다리를 가진 것들이 걸음을 옮기면 이 시간이 새벽에서 정오로 걸어 나갈까 머뭇거리며 숨을 멈추었고 머뭇거리며 작은 소리만 아주 작은 소리만 손바닥 위에 올려놓았다

다시 몰운대 이야기

    손을 뻗자 손이 생겨났다 옆을 돌아보자 옆얼굴이 나타났다 희미하게 웃자 소나무 기둥 위로 다람쥐 한 마리가 빠르게 가지 끝으로 올라가고 아직 견딜 수 없어 기억을 두고 헛걸음질치며 도망갔다 그러자

    손이 마음을 덥석 쥐었다 고개를 떨구자 등이 내 마음을 업고 뛰었다 내가 희미하게 울자 그는 절벽에 서서 내 마음을 세차게 흔들었다 마음이 마음을 마음이 마음을 뒷걸음질치며 나는 어깨를 들썩였다 그러자

    푸른 바람 흰 파도 푸른 하늘 더 흰 구름 푸른 섬 더 더 흰 바람 푸른 발자국들이 몰운대 그 낮은 턱을 넘지 못하고 주춤거렸다

    아무 것도 나를 넘어오지 못했다

문장의 마음

신호에 걸려 손에 쥐고 있던 책을 스르륵 넘기다
못다 읽은 페이지에서 주춤댈 때 그때
마음이 말을 건다

알 수 없는 것들은 그냥 지나고 알지 못하는 것들은 그
저 보내고 읽었던 문장들은 일일이 깨워서 다 집으로 돌
려보내고 집을 모르는 이들은 오던 길에 보았던 철물점에
하나 오던 길에 만났던 우체통에 두 개 오던 길에 멈추었
던 맨홀 안에 서너 개쯤 넣어주고 그래도 남으면 공중전
화 박스에 올려두고 그래도 남으면 세탁소 안에도 슬그머
니 밀어 넣고

빨강에서 파랑 파랑에서 빨강 신호가 여러 번 바뀌었
지만
못다 읽은 페이지를 만지작거리며 거기 그렇게 서 있을
때 그때
마음이 목청을 가다듬으며 다시 말하기 시작한다

지나가는 것들에 눈을 주지 말고 스치는 것들에 손을

내밀지 말고 감췄던 단어들을 하나씩 불러내서 더러운 옷
은 좀 빨아서 입히고 구겨진 운동화는 탈탈 털어서 다시
신기고 헤진 모자는 잘 손질해서 다시 씌우고 안경알이
하나 없거나 가방끈이 떨어진 게 있으면 신경 써서 고쳐
주고

　해가 천천히 가라앉는 이 세상
　이 길 위에서 신호가 빨강에서 파랑으로 파랑에서 빨강
으로 저 홀로 오르락내리락할 때
　그래도 누구 하나 거기 그렇게 서 있는 걸 모를 때 그때
　마음이 말하기를 멈추고
　내 손을 슬그머니 잡고
　길을 건넌다

오래된 이야기

누군가의 무언가를 보는 것도 싫고
무언가의 누군가를 알아채는 것도 어설픈 나는
누군가를 다 아는 것처럼 이야기하는 것도 싫고
무언가를 모르는 것처럼 그냥 앉아 고개를 끄덕이는 것
도 낯선 나에게

새롭게 시작하는 것도 두렵고
이해하려 애쓰는 것도 지치고
이해한다는 듯 넘겨짚는 것도 이골난 나를

가만히 앉혀두고
오래된 이야기를 시작한다

연애도 싫고 사랑은 더더욱 끔찍한 나는
혼자 듣는 빗소리도 싫지만
그런대로 혼자 다니는 것에 익숙한 나에게
그렇게 고백을 한다

내게 지나갔던 마흔두 번의 봄 중에

내 몸이 기억하는 봄은 고작 두세 번이고
그 두세 번도
죄다 아픈 꽃 아픈 나비 아픈 비 아픈 계절이었다고

아픈 걸로 세우자면 그 봄뿐이겠는가 그 계절뿐이었
던가
라고 되묻는 나에게

올해 봄은 왜 이리 가혹하고 왜 이리 들뜨고 왜 이리 서
러운가 왜 이리 낯설고 왜 이리 궁핍한가
라고 물어봐도 소용없는 줄 아는 내가

사랑을 깨다

결국
소리가 났는데
속이 다 시원한 거야
결국 깨지더라구 이깟 이별 뭐가 그리 큰일이라고
이걸 가지고 전전긍긍대며 지금껏 버텨왔는지
깨고 나니까 뭐 별거 아니다 싶어

쓸쓸?
아니,
쓸쓸하긴 그러지 않아도 늘 쓸쓸했는걸
되게 근사한 괴로움이나 사치스런 고독이 나를 기다릴
줄 알았는데
뭐 그런 게 없어 조금 시시할 뿐이야
천둥이 치고 사방이 뒤틀릴 줄 알았는데
아무렇지 않아
그래서 아쉬워
아무렇지 않아서

결국 이렇게 아무렇지 않을 게 겁이나

깨지 못했던 것 아닌가
그런 생각이 들더라 그러고 보니
그랬나 싶어 조금 쓸쓸해졌어
정말 그랬구나 싶어
비가 내렸어
그걸 나는 미처 알고 있었구나 싶어
천둥이 치고 사방이 뒤틀렸어
아니,
아무렇지도 않아서
그래서 미안해
그래서

블랙커피와 분홍 신발과 핑크빛 애인을 주렁주렁 달고

이곳에서는

커피와 신발이 있어야 한다 커피는 블랙으로 신발은 분홍으로 아니 신발은 검정으로 커피는 핑크로 어쩌면 커피는 분홍으로 신발은 블랙으로 산다 있어야 할 것을 사야 할 때 반드시 있어야 할 것인지 어쩌면 있어도 될 것인지 고민한다 어쩌면 살 수도 없을 것이고 반드시 살 수 없을 수도 있겠다 싶은 생각이 든다 그러한 생각들도 산다 아니 샀다 나는 블랙이든 분홍이든 핑크든 검정이든 어떤 것이든 사면서 살 테고 샀던 것들을 주렁주렁 달고 살고 있다 그 주렁주렁에는 블랙으로 탄 커피와 검정 그림자를 달고 있는 어느 길과 핑크빛 애인과 분홍을 엎은 시간이 있고 그 주렁주렁에는 까만 눈동자들과 더 까만 밤들과 더 까만 말들이 야릇한 분홍을 바라보고 가라앉고 떠다니고 주저앉아 그 주렁주렁에는 커피에 퐁당 빠뜨린 상념과 뒤축이 닳은 신발이 같이 산다

살다 헤어졌다 어느새 다시 살고 있다 이곳에는

커피와 신발이 어쩌면 산다

이미 살고 있는 것을 내가 사서 나에게 주렁주렁 달아야 하는 이곳에서는

내가 어쩌면
산다

슈뢰딩거의 고양이

조용함을 끝으로
문을 닫을 것이다
죽음을 말하는 것이 아니다
살아 있는 것을 해보려는 것이다
살기 위해 문을 만들고
살아 있으려고 문을 닫았던 그 시간들을 위해
문을 열고 들어왔던 첫바람
첫햇빛 첫눈물 그 처음의
모두는 사라질 것이고
사라진 자리의 올을 풀어 영원히 태어날 수 없는 열쇠
하나를
조심스레 뜰 것이다
그 열쇠로 문에 작은 구멍을 만들고
그 작은 구멍을 돌리면
마지막빗방울 마지막지붕 마지막강을 떠도는 마지막
종이배가 출렁거리며 문을 밀고 쿨럭거리며 들어서서
시끄러움의 시작과 조용함의 끝을 잘 묶어
처음문손잡이와 마지막문의작은구멍과
하나의 열쇠를 잘 묶어
〉

조용함을 끝으로 닫힐 것이다

저녁 7시에 울다

숨이 멎을 수도 있겠다 한여름의 저녁이 석류나무에서 내려와

벌겋게 된 눈으로 보고 귀를 아무리 기울여도 들리지 않는 목소리로

한숨도 아닌 것을 삼키고

어디에서 다친 건지 발톱이 빠진 엄지발가락을 내 무릎 위에 올려놓고

어깨를 작게 흔들며 운다

꽃이 질 적에

뿌리에서부터 연결된 꽃의 심지는
봄이 되면 죽음까지 타오른다

얼마나 뜨거워지면 헤어지는 것일까
다 타버린 순간을 감지하는가

떨어지는 순간 너를 잡으면 지상으로 데려올 수 있다
는,

햇빛의 말을
줄기의 말을
저 잎의 말을

나는 도무지 믿을 수가 없다

자두나무를 베다

겨울 초입
집 앞 자두나무를 잘랐다
뿌리가 시멘트를 뚫고 올라
잘라야만 한다고 했다

큰애는 나무 자르는 걸 처음 본다고 말했다
나도 그렇다고 얘기하려다
나무보다 더한 것도 잘라냈던 시간들이
뿌리째 출렁거렸다

일순에 넘어지는 것이 있는가
도끼로 찍고 톱날로 가르고
차고 꺾고 터지고 물어뜯으며
기어올랐다
밟으며 몰아내며 밀어내며 내동댕이쳤다
흙을 붙잡고 간신히 매달린 것들을
하나씩 도려내기도 했다

떨어지는 잎들이

주저앉는 입술이
쏟아지는 말들을 덮고
가라앉았다

지킬 게 있는 못난 놈들끼리 끝까지 버티는 것을 보았다
그렇게

자두나무 숨결이 부서져 내리고 있는 것을 보고만 있었다

2월

적당히 돌려보내고 적당히 소란스럽고 적당히 마주칠 것이다

2월에는

가끔 웃고 가끔 부딪치고 가끔 책을 읽고 가끔 거리를 걸을 것이다

그런 2월에는

어쩌다 친구를 만나고 어쩌다 감기약을 먹고 어쩌다 쓸쓸해져 음악을 들을 것이다

그리고 2월에는 불현듯 연필을 깎고 불현듯 날짜를 세고 불현듯 뒤집어진 양말 한 짝을 옷장 속에서 찾아낼 것이다 그렇게 2월에는

턱을 괴고 순환버스 창에 이마를 대고 하염없이 순탄치 않은 시절을 점칠 것이고 그러다 2월에는 미련한 것들에 마음을 빼앗기고 넘어지는 이들에게 몸을 내어주며 스칠 것이다

지나칠 것이다

겨울이 봄에게

그런 식으로 오지 말았음 좋겠어 그렇게 웃지도 말았음 좋겠어 그렇게 날 보지 않았음 좋겠어 내가 알아서 떠날게 그러니 그런 눈으로 그런 입술로 그런 발걸음으로 내 등 뒤에 서 있지 말아줄래 내가 알아서 갈 테니 거기서 날 기다리는 것처럼 굴지 말았음 좋겠어 거기서 날 배려하는 듯한 표정 짓고 서 있지 말아줬음 해 갈게 조금만, 조금만 있다 갈 거야 갈 거니까 지금은 모른 척해줘

그런 날

다시는
사랑이 찾아오지 않기를
다시는 내 삶에 사랑이 없기를

이 아름다운 날들이 모두 그저 그렇게 지나가길
나에게 아무 날도 아무 일도 아무 시간도 아무 사건도
생겨나지 않기를

이 봄날이 그저 바삐 쓸려나가길
그 흔한 나비 한 마리도 들어서지 않기를
온다 하여도 나 차마 모르길

문손잡이를 가만히 바라본다

이 방에는 하나의 문과 하나의 창이 있다

문은 밖에서는 열 수 없다

창은 안에서 밖으로 밀면 열리지만 내가 나가기에도 누군가 들어오기에도 너무 작다

그리고 이 방은 3층, 둥근 벽으로 둘러진 이곳에 누군가 오르긴 어려울 것이다

나는 이 방에서 밥을 먹고 전화를 하고 노래를 듣고 차를 마시고 책을 읽고 낙서를 하고 달력을 보고 도장을 찍고 서서 중얼거리기도 하고 앉아서 졸기도 한다

오늘 아침 이 방으로 온 연필깎이를 작은 탁자 위에 올려둘까 책상 위에 올려둘까 고민한 것 말고는 오후가 다 지나도록 고민할 거리는 없었다

그러다

문손잡이를 가만히 바라본다

바라보다가 내가 왜 이곳에 왔나 내가 왜 이곳에 있나 나는 이곳을 언제 나가나 내가 이곳을 나가면 어디로 가야 하나

생각하다 말고 다시

책상에 올려둔 연필깎이를 탁자 위로 옮긴다

나는

우주를 떠도는 투명한 물고기였습니다

외짐,

아빠 물고기가 그렇게 불렀습니다

엄마 물고기는 아빠 물고기를 별빛으로 돌돌 감아

자귀나무 꼭대기에 걸어두었습니다

한 살에 하나씩 생긴 별이

스물다섯 개가 되었을 때 자귀나무 꼭대기에서 노랫소리가 들렸습니다

잠든 아빠 물고기를 깨웠습니다

목구멍에 손을 넣어 간질간질 깨웠습니다

아빠 물고기 입 밖으로 딱딱한 사탕이 또르르 굴러떨어졌습니다

엄마 물고기 몰래 불을 피워 사탕을 녹였습니다

그러자, 세상에, 정말, 나와 똑같은

물고기가 파닥거렸습니다

사랑한다는 생각을 하자 사랑이 생겼습니다

생각이 생기자 두려움이 생기고 두려움이 생기자 나와 똑같은 물고기가

나와 똑같지 않다는 의심이 생기고

의심이 생기자 의문이 또록또록 굴러 떨어졌습니다
널 별빛으로 채워줄 그물이 있을 거야
널 달빛으로 적실 호수가 있을 거야
먼 옛날, 그때는, 왜, 새가, 울지 않았는지 아느냐고
먼 옛날, 그때는, 왜, 새가, 울지 않았는지 아느냐고
아빠 물고기의 목소리가 점차 멀어졌지만 물음은 그치
질 않았습니다
나와 똑같은 물고기가 내 옆에서
까만 눈동자만 남기고 쪼그라들었습니다
하얗게 타들어가는
낮과 밤 속으로
밤과 낮 속으로

날 좀 데려가줄래

   나의 젊음 나의 무의미 나의 절망 나의 퇴폐 나의 환상
나의 허무로부터
   나를 좀, 데려가줄래?
   나의 순수 나의 희망 나의 미래 나의 소망 나의 행복으
로부터
   나를 좀 데려가주면, 안 될까?

   일찌감치 놓쳐버린 후 버스를 탔는지 기차를 탔는지 배
를 타고 먼 대륙으로 떠났는지 알 수 없겠지만
   망치와 쇠줄과 면도날과 알약이 가득 든 가방을 매고
이 길에 섰으니

   나를 좀 데려가줄래?

   대체 이 많은 걸 어디서 끌고 온 거니
   대체 이렇게 넓은 걸 어떻게 들고 다니는 거니

   내 손에 든 고독
   꿈틀거리는 영혼

눈물
배신

절뚝이며 가는 너를
대체 나는 어떻게 하면 좋겠니
대체 널 어디서 찾으면 될까

지도에도 없는 나는 제일 잘 보이는 곳 제일 어두운 곳
제일 빛나는 곳 제일 소란스런 그곳에서

오늘도 기도한다

나를 좀 데려가줄래?
나를 좀 데려가주면 안 될까?

온점 없이 마침표 없이

자꾸 이어졌다 너저분한 것들을 자꾸 써나갔다 아닌데 아닌데 하며 자꾸 이어지고 있었다 제일 처음 나왔던 주어는 분명 '나'였는데 어느 순간엔가 이 문장의 주어는 내가 아니었다 내가 아닌데 자꾸 나인 것 같은 주어가 생겨서 나를 탐해 목적어로 불리고 나를 밟고 부사로 옮겨갔다 온다 간다 말없이 나인 줄로만 알았던 주어가 진흙발로 다니며 본 적도 없는 주어를 부르고 볼 일도 없는 주어와 엉켜서 이어지다 끊어지다 다시 이어지고 온전한 점 없이 마침 없이 이어지고 이어지고

3부

그 혹은 그녀 He or She

지우개로 지워도 지워지지 않는 문장들

그의 손을 잡았다, 라고 쓴 건 지울까 하다 그냥 바라보기로 한다 그러자 그리 멀지 않은 곳에 그의 손에 자신의 손을 가져다 대려고 팔을 뻗는 그녀가 보였다 신호등이 생겨나고 횡단보도가 생겨나고 그 왼편으로 나무 기둥이 생겨나고 나무 기둥 위로 푸른 잎들이 생겨났다 그 잎들을 흔드는 바람이 생겨나고 그 바람이 지나왔던 교차로가 길을 내며 뻗어나갔다 이제 그녀의 작은 손이 보일락 말락 그의 손을 잡아 쥔다 쿵쿵, 쿵쿵, 심장이 달리는 소리가 들리고 나는 그 소리가 나는 방향을 향해 지우개를 들고 지웠다 쿵, 지우고 쿵쿵, 지우고 쿵, 지우고 쿵쿵, 지우고 흰 지우개 가루가 날리자 그녀가 말한다 "눈이다." 그녀는 고개를 들어 가늘게 떨어지는 흰 눈을 바라본다

흰 눈을 바라본다, 라고 쓴 건 지울까 하다 나는 입을 아~ 벌리고 눈을 받아먹는다 그러자 입안으로 희고 좁은 외길이 뚫리고 그 길 위로 그녀가 걷는다 그녀가 걸을 때마다 그녀의 발자국이 찍히고 그녀의 발자국이 찍힌 자리 위로 그의 발자국이 찍힌다 그와 그녀의 발자국은 닮은 듯 다르다 다른 두 사람이 하나의 자리에 하나의 발자국을 찍으며 걷는다 걸으며 노래 부른다 그 노랫소리에

나는 서글퍼져 그만 지우개를 들어 그 노랫소리를 지운
다 사랑, 을 지우고 영원히, 를 지우고 이별, 을 지우고 안
녕, 을 지워 흰 지우개 가루를 후~ 하고 불자 그가 말한다
"춥다, 그만 들어가자." 그녀는 그의 옆모습을 보며 고개
를 끄덕이고 좁은 골목을 걸어 불 꺼진 방으로 들어간다

　불 꺼진 방으로 들어간다, 라고 쓴 건 지워야지 하다 나
는 그 방에서 새어 나오는 김치찌개 냄새와 그 방에서 흘
러나오는 불빛과 그 방에서 밀려 나오는 그리움과 그 방
에서 돌아 나오는 간절함에 떠밀려 그 방 창을 가만히 바
라보고만 있다 그때 창문이 열리고 그녀가 고개를 빼꼼히
내밀고 마당에 서 있는 복사꽃나무를 올려다본다 희고 엷
은 분홍빛들이 마당 안에 쏟아져 내리고 그녀는 창문을
넘으며 말했다 "봄이야." 맨발로 그 선을 넘었다 나는 그
녀의 맨발에 서러워져 그만 지우개를 들어 그녀의 맨발을
지운다 투명한 엄지를 지우고 푸른 검지를 지우고 노란
발등을 지우고 동글동글한 뒤꿈치를 지우려 할 때 가진
걸 다 써버린 걸 알아챘다 이제 지울 수 없다는 것을 알아
챈다 이제는 그곳에서 영영 나올 수 없다는 걸 알았다

그의 연애가 궁금하다

- 뭘 그렇게 봐?
그가 나에게 물었죠
그냥,
그냥 무언가를 하는 누군가를 봐
라고 말하려다 고개를 저었어요
내 눈길을 따라 그의 속눈썹이 깜빡
까깜빡 내려왔다 올라가는
그 짧은 순간 나는
사랑한다, 고 생각했죠
사랑하나, 고 물었죠
그러다 그가
왜?
라는 눈으로 바라보고
그 눈에 걸린 외줄
그 눈에 걸린 나무
그 눈에 걸린 새
가 후두둑 그의 눈 밖으로 날아오르는 것을 보며
아니
나는 고개를 가로저었죠
1층 로비에는

크고 느리게 자신의 신문을 접고 가방에 넣고 자신의
종이컵을 두 손으로 쥐고 있는 늙은 그가 있었죠

그의 눈에도 늙은 그가 보일까요

늙은 그는 그가 바라본다는 걸 알까요

나는 3층의 그와 1층의 그를 번갈아보며

둘 중 하나는 분명 맥락 없는 내 머릿속에서 나왔음을
알고 고개를 저었죠

− 커피?

없는 그의 질문에 고개를 끄덕이고

늙은 그가 어디론가 걸어가는 것을 놓쳤지요

없는 그는 내 어깨에 팔을 두르고

내 허리를 슬쩍 잡고서는 아무렇지 않게

이것 봐, 매일 앉아 있어서 살찐 거 좀 봐

라고 하지만

없는 그의 목소리는 귀를 막아도 눈을 감아도 심장이
멎어도 주저앉아도 고개를 저어도

들리고 또 들리기에

있는 그와 없는 그 곁에서 나는

내가 있는지 없는지 고개를 끄덕,

끄덕였죠

너 거기서 뭐하니?

라고 그가 물었다 나는 아무것도 아니라고 괜찮다고 말했지만 그는 다그쳤다 아무 일도 없다고 말했지만 그는 믿지 않았다 제발 믿어달라고 어떤 것도 아니라고 아닐 것이라고 말했다 그는 분명 나에게 뭔가 숨기는 게 있다며 소리를 질렀다 나는 아무것도 아니니 그만하라고 별 것 아니니 모른 척해달라고 빌었다 그는 더 이상 못 참겠다는 얼굴을 하고는 더 이상 나를 보지 않겠다고 말하고는 나를 밀었다 밀치고 떠났다 사라졌다 나는 그가 밀어낸 벽에 등을 대고 아무것도 아닌데 아무것도 아닌데

라고 중얼거렸다 그러자 벽이 움찔거렸다 벽 속에서 누군가 큰 소리로 재채기를 했다 나는 벽지를 뜯기 시작했다 벽지를 길게 한 줄 뜯어내자 이빨이 하나씩 드러났다 벽지를 길게 두 줄 뜯어내자 붉고 흰 이빨과 푸른 이빨이 노랗고 반짝거리는 이빨이 구멍 숭숭 뚫린 이빨과 머리카락이 긴 이빨이 리본을 단 이빨과 연필을 쥐고 있는 이빨이 지우개를 굴리고 있는 이빨과 깨진 그릇을 들고 있는 이빨이 나를 보았다 벽지를 길게 세 줄 뜯어내자 물을 뿌리고 있는 이빨이 우비를 뒤집어쓴 이빨이 뒤를 보는 이

빨과 비밀을 숨긴 이빨이 결과가 들통난 이빨이 고개를
돌리는 이빨과 넥타이를 매던 이빨이 벽지를 뜯어내자

　너 거기서 뭐하니?

　라고 물었다 나는 손에 쥐고 있는 벽지를 밀어 올렸다
한 줄을 걷어 올리며 나는 아무것도 보지 못한 척 뜯어낸
벽지를 도로 갖다 대었다 두 줄을 이어 올렸고 세 줄을 손
바닥으로 밀어 올렸다 그런데 뜯어낸 벽지가 자꾸 밀려
내려왔고 말려 내려왔고 쏟아져 내려왔기에 나는 벽에 등
을 붙이고 서 있었다 그때였다 너 거기서 뭐하니?

　라고 그가 물었던 것이다

답이 없는 것들

그와 싸우고 있는 사이
누군가는 울고
누군가는 하품을 하고
그녀와 싸우고 있는 사이
누군가는 울먹이고
누군가는 등을 두드리고
누군가는 씻어놓은 냄비를 포개어놓고
그와 싸우고 있는 사이
누군가는 껌을 씹고
누군가는 희망을 씹고
누군가는 우울을 씹고
누군가는 닭 뼈를 오독오독 씹고
그녀와 싸우고 있는 사이
누군가 뱉은 껌은 누군가의 마음에 들러붙고
누군가 뱉어놓은 희망은 누군가의 엉덩이에 진득하게
붙고
누군가의 우울이 누군가의 겨드랑이를 홀끔거리고
누군가의 입속에 남은 닭 뼈가 오독오독 우울의 신경을
오도독 긁어대고

그와 그녀가 싸우고 있는 사이
그들의 세상에 답 없는 것들이
입을 막고 코를 막고 귀를 막고 눈을 막고
허우적거린다
누구도 답 없는 것들을 구할 수 없다

관계

커피를 마시려다 그녀의 전화를 받았다 그녀의 목소리를 들으며 목도리를 풀었고 목도리를 풀며 컴퓨터 자판을 내려다보았다 컴퓨터 자판에 T와 ㄹ은 아주 가까운데 아무런 연결이 되지 않는다는 생각을 하며 그녀가 하는 말을 한글파일 빈 문서에 옮겨볼까 생각을 했다 왜 아직 커피를 타지 않았는지 커피, 라고 입 모양을 내다 그녀가 잠시 말을 멈추고 있음을 알아채고 나는 그래? 라고 말하려다 그녀의 다시 시작된 말에 입속에서 잠깐 흐를 뻔한 그래, 를 삼킨다 적막하고 알싸한 커피, 라는 문구가 떠오르자 그녀는 전화를 서둘러 끊으려고 하고 아직 그녀는 하고 싶은 말을 하지 않았지만 나는 내가 그걸 알고 있다는 걸 들키지 않으려 한다 다만 여전히 멀어 보이는 F와 ㅅ 사이를 바라보았을 뿐

눈물은 어떻게 만들어지나

언 땅에 따뜻하게 데운 돌 하나를 올려둔다
따뜻한 돌은 곁에 누워 있던 마른 잎을 데우고
굳은 흙을 데우고
잠든 개미를 데우고
썩어가는 열매를 데우고
웅크리고 있던 씨앗을 데웠다
씨앗은 가만히 눈을 뜨고
열매를 가만히 끌어안고
흙은 기지개를 켜고
잎을 밀어내고
고개를 내민다
돌은
그 사이 잠들고
개미도 계속 잠을 잔다
따뜻하니까

우리는, 소세지트리와 로즈애플 사이에서

소세지트리
kigelia pinnata sausage tree
능소화과
N. 우간다, 수단, 케냐

로즈애플
syzygium malaccense rose apple
도금양과
말레이시아

여전히 뿌리가 많아 쉽게 넘어지는 나는,
어느 식목원의 소세지트리와 로즈애플 사이에서
아프리카와 동남아시아 사이에서
멀미를 한다

울컥 솟구쳐 오르는 푸른 인도양
머리 위를 떠도는 검은 고래들
포획할 수 없는 이름들이 출렁이다 흩어진다
〉

이마 위로 떨어지는 아득한 파도 소리

반갑다 소세지트리,
안녕 로즈애플

별자리들은 발밑까지 까맣게 익어가고

먼 대륙의 바람처럼
우리는
서로 낯설다

비가 그치다

  - 뭘 그리 슬퍼해
  그는 고개를 숙였다 나는 그의 얼굴을 보고 싶었지만 그는 끝내 고개를 들지 않았다 나는 그와 말하고 싶었지만 그는 끝내 말하지 않았다 나는 손목시계를 자꾸만 바라보았고 그런 나를 아는지 모르는지 그는 고개만 숙이고 있었다

  그랬다, 매번
  자고 싶다고 말할 것도 아닌데
  같이 살자고 떼쓸 것도 아닌데
  그는 내 앞에 거대한 우산을 손에 쥐고 고개를 숙이고 서 있거나 앉아 있었다
  - 아니거든, 니가 생각하는 건 하나도 안 할 거거든
  라고 대놓고 이야기해도 그는
  모르거나 모른 척하거나 둘 중에 하나인건 분명한데
  고개만 숙이고 있는 그가 미웠다
  그랬다, 밉다고 했지만 다시
  내가 그를 찾았다 혹시나 그가 빈손으로 오는 날엔
  내가 주변을 샅샅이 뒤져 쬐그만 우산을 받치고 그보다

쬐금 높은 곳에 서 있거나 앉아 있었다

   – 이제 내가 날 믿지 못해서

   라고 말하곤 그를 바라보았지만 그는 여전히 고개를 숙
였다 그러다

   그런 일이 생긴 것이다

   – 괜찮아

   그가 먼저였는지 내가 먼저였는지는

   잘 모르겠다 누가 먼저였는지 모르게 나는

   등을 굽혔고 그는

   고개를 들었고

   그는 무릎을 폈고 나는 손을 뻗었고 그의

   허리를 잡았고 나의 어깨를 쥔

   그 날의

   무지개

   빨주노초파남보

아무것도 아닌 것들이

그 자리에 기대고 있는
어제도 그제도 그 자리에 기대어 손톱 끝을 깨물었고
저 자리에 서 있는
내일도 모레도 저 자리에 서서 올 나간 스타킹을 벗을
까 말까 고민하면서
아무것도 아닌 일들이 아무렇지 않게 지나가는 저녁
재채기를 하고 팬티를 널고 라면을 끓이고
소리를 지르고 이마에 손을 올리는
좁은 골목 위로
바람이 불고 넘어지고 흔들리고 쏟아지고
키스와 뒷모습과 가로등 불빛들이 하염없이
아무렇지도 않게 띄엄띄엄 서 있고
그만두거나 사라지거나 멈추거나 벗어날 수가 없고
넘어서거나 두고 오거나 빙 돌아갈 수도 없고
그런 봄
꽃이 지다 말고 구름이 흐르다 말고 시간이 쫓기다 말
고 물이 스며들다 말고
연애가 시들해지고
그런 밤

멀뚱히 다른 곳을 보고

고양이는 잠들어 깨지 않고

아무것도 아닌 것들은 아무렇지 않게

아무것도 아닌 것들은 지금 이 순간에도 아무렇지 않게

의미 없는 것들이 쏟아지고 쏟아져 내리고

나붓거리던 커튼은 바람을 쥐고
창틀을 밀어 창밖에 서성이던 햇볕은 들어오게 하고
몇 장의 햇살은 반듯하게 접어 테이블에 올려두고
식빵의 끝은 조금 태우고
그 끝에 딸기잼이 한입 크기로 올라가면
나이프와 포크는 비스듬히
천장의 알전구를 바라보고

그녀가 거기 서 있을 때 그녀가 거기
앉아 있을 때

소리는 걸음을 멈추고
시간은 숨을 멈추고

그녀가 거기 앉아 있을 때 그녀가 거기서 나이프를 살
짝 쥘 때

알전구의 반대쪽엔 아무것도 없고
아무것도 없는 것의 아래쪽엔 쳐다볼 수 있는 것이 없고

쳐다볼 수 있는 것이 없는 것의 왼쪽엔 심장이 뛰기 시
작하는데

그녀가 천천히 입을 벌릴 때
그녀가 천천히 입을 닫을 때

태양이 처음 보았던 달을 마지막으로 만났던
의미 없는 것들이 쏟아지고 쏟아져 내리고

가난이 가난의 어깨에 이마를 기댈 때

   가난의 문을 열고 또 하나의 가난이 가난한 문지방을 슬며시 넘을 때 가난은 가난의 얼굴로 내려온 머리카락을 살며시 귀 뒤로 넘기며 또 하나의 가난에게 옆자리를 내어준다 가난한 창밖에는 가난한 바람이 가난한 창에 이마를 대고 가난과 가난 그리고 또 하나의 가난을 바라보고 가난은 가난한 바람에게도 설풋 손짓한다 가난한 달빛이 바람보다 먼저 가난의 무릎에 머리를 베고 누울 때

   가난한 창은 가난한 바람의 이마를 톡톡 치고

   그 소리에

   가난한 달빛이 슬그머니 일어나 앉고 그 소리에 또 하나의 가난이 길게 하품을 하고 그 소리에 이마를 기대고 잠이 들었던 가난이 눈을 비비고 그 소리에 가난의 그림자가 느리게 느리게 기지개를 켤 때

   가난한 바람의 이마를
   그 이마를 지그시 누르던 가난한 창을

그 창틀에 발끝이 걸려 있던 가난한 달빛을
그 달빛의 머리를 가만히 내려다보던 또 하나의 가난을

아무 일 없다는 듯 바라보는

이 남루한 생이여

저 화려한 달이여

농담처럼 번지는 이 저녁의 밥 냄새를 맡으며

가난은 다시 가난의 어깨에 이마를 대고

사라진 꽃

꽃은 겨울 강 앞이다

이 강만 건너면 봄이라고
죽음이 말해주었다
봄에 닿으면 아프지 않게 사라질 수 있다
영원히 소멸할 수 있다는
죽음의 말이
꽃의 마음을 흔들었다
잎을 버릴 수 있냐고 나비가 와서 물었다
줄기를 잊을 수 있냐고
뿌리를 모른 체할 수 있냐고 지렁이와 무당벌레가 물었다
꽃은 아무 말 않았다
어떤 말도 그들에게 변명일 수밖에 없었다
그러자 뱀이 와서 물었다
열매는 어쩔 거냐고

꽃은 귀를 꼭 감싸쥐고 아무 말도 듣질 않았다
그렇게 그 밤 떠났다
암술과 수술을 엮어 신을 신고 달렸다

누군가 꽃을 부르는 것 같았고
또 누군가 얼마간 따라오는 것 같았다
울음이 섞인 목소리였고
넘어지기도 했다

한참을 달리고서 꽃은 뒤돌아보았다
나무들 사이로 새벽이 낙엽을 쓸어 담고 있는 것이 희
미하게 보였다
꽃은 숨을 돌리고 천천히 걸었다
왼쪽 신발 앞코가 떨어져 엄지발가락이 툭 튀어나와 있
었다
꽃은 희미하게 웃었다

꽃은 신을 벗어
겨울 강에 띄웠다
곧 죽을 이는 신을 벗고 간다지만 꽃은 죽는 것이 아니
라 사라질 것이기에
사라진다는 것은 처음부터 없었던 것이기에
꽃은 꽃이 신은 신발도 처음부터 없었던 것이었다 믿었다

그리고

주머니에 손을 넣었다
죽음이 주고 떠난 작은 입술 띄우고
배에 올랐다
철컹철컹 닫히는 물소리

눈먼 바람이 노를 젓고
빛 잃은 별들이 힘없이 떠다니는
겨울 강

꽃은 이대로 안녕,

밤을 달다

그녀의 겨드랑이에 날개를 달고 그래도 날지 못한다면
그녀의 귀에 날개를 달고 그래도 날지 못한다면
그녀의 허벅지에 날개를 달고 그래도 날지 못한다면
그녀의 발등에 날개를 달고
그래도 날아오르지 못한다면

취해서 가물거리는 시간을 업고
오래도록 멈추지 않던 딸꾹질을 따라
천천히 날아오르리
가지고 있던 깃털들 모두 지난 계절 아래 묻어두고

꽃도 없이
사라져버리리
잎도 밝히지 않고
타오르리

누군가 이렇게 보고 싶다는 건,

그가 보고 싶은가, 하면 아니다 그는 아니다 그녀가 보고 싶은가, 라면 그녀도 아니다 그러면 네가 보고 싶은가, 그것도 아니다 그도 그녀도 너도 아닌데 누군가 이렇게 보고 싶다는 건,

참 난감한 일이다

참 괴롭고 쓸쓸한 일이다

누구에게도 전활 할 수 없고 누구도 만날 수 없다 누구를 부를 수도 없고 누구와 함께할 수도 없다 누군가

대체 누구인가

인연이었나 죽음이었나 허상이었나 그저 잠시 부르다 만 이라면

부디 그대 누군가여

비껴가라

아름다운 것들은 서로 닮아 있다

눈물과 빗방울이 그렇고
그 눈물이 맺힌 눈과
그 빗방울이 맺혀 있던 마당 봉숭아 꽃잎이
그렇다
눈이 잠시 감겼던 그 저녁과
마당에 내려앉던 이 저녁이
그렇고 서로를 통과할 수 없었던 시간이
그 시간을 모른 척 돌아나가던 가로등의 낮은 불빛이
그렇다
그림자가 맞물려도 입술이 닿을 수 없었던
달을 나무를 작은 새를 귀뚜라미를
젖지 않고 매달려 있던 눈물과 빗방울을
모른 척하며
골목은 그렇게 서 있고
계단은 또 그렇게 내려선다

아름다운 것들은 서로 닮아
서로를 슬프게 바라본다

쓸쓸함을 두고 오다

운전하다
불쑥
비 오는 대낮의 텅 빈 집이 떠올라
쓸쓸해졌어
갓길에 차를 세우니
내 쓸쓸함이 심드렁한 표정으로 조수석에 앉았지
우리는 나란히 차 안에 앉아
실금을 치며 집을 짓고 있는 비를 보았어

윈도우 브러시를 멈추자
그는 비가 만든 집에 유리창을 하나 달아주었어
목수도 미장도 없는 집짓기는
빗줄기가 세지면서 더 견고해졌지
시동을 끄자 내 쓸쓸함은
– 같이 갈래?
라고 물었어
내가 우물거리자 그는 비가 만든 집에 두꺼비집 하나
달아주었지
따끈하게 열이 오른 두꺼비집의 문을 열고 두꺼비 한

마리가 뛰어내렸지
　　내 쓸쓸함과 나는 차 안에 앉아
　　두꺼비가 사라지는 방향을 나란히 보고 있었어
　　내가
　　– 그만 갈까?
　　라고 물으니 그는
　　고개를 가로젓고는 먼저 가 있으라며 차에서 내렸어
　　비상등을 누르자
　　내 쓸쓸함은 비가 만든 집의 초인종을 눌렀어
　　어두운 집이 갑자기 환해지더니 문이 열렸어
　　그는 내가 앉아 있는 차를 향해 잠깐 몸을 트는 것 같더니

　　이내 빗속으로 들어가버렸어

비무장지대

그해 여름이 지난 후
그 나무 가지 끝은 어떤 꽃도 다녀가질 않았다

누군가 그 가지 끝에 새 한 마리 옮겨 심었는데
새는 그 자리에 뿌리를 내리지 못하고
서성대기만 했다
뉴스에선 매년 올해 겨울이 유독 추울 거라 했지만
새는 얼어 죽지 않았다
다만 지저귀지 않았고
다만 날아오르지 않았고
다만 고개를 처박고
다만 눈을 감고
가지에서 가지로
가지에서 새벽으로
가지에서 바람으로
금지된 것들을 밀어올리고 있었다

그렇게 오랜 시간이 흐드러졌을 때
어느 날 불쑥 누군가 새를 찾았지만

새는 온데간데없고
새의 뿌리만 가지 끝에 오롯이 박혀 있었다

슬픔이 향한 모퉁이들 혹은
'영원히 태어날 수 없는 열쇠'

박성현(시인·문학평론가)

1

고백하건대 나는 두 번을 정독하고, 세 번째서야 겨우 최미경 시인의 문장을 읽을 수 있었다. 처음 원고를 받고 서재에 앉아 읽었을 때는 어둠이 겹겹이 쌓인 구석에 닿은 것과도 같은, 마치 깊은 잠에서 눈을 뜬 후 한동안 모호한 장막 속에 갇혀 공중을 침잠하는 기분이었다. (아마 이 시집을 손에 든 독자들이 더 생생하게 느꼈겠지만) "손을 뻗자 손이 생겨났다 옆을 돌아보자 옆얼굴이 나타났다 희미하게 웃자 소나무 기둥 위로 다람쥐 한 마리가 빠르게 가지 끝으로 올라가고 아직 견딜 수 없어 기억을 두고 헛걸음질치며 도망갔다"(「다시 몰운대 이야기」)는 문장들은 '아직-아님'과 '이미-그러함'의 사이에서 격렬하게 진동한 터라, 그 간격의 심미적 자기 완결을 찾아내기에는 시간이 걸렸던 것이다. 게다가 한 번 던져지면 회수되기를 완강히 거부하는, 체셔 고양이(chasire cat) 같은 기묘한 형상들이 불쑥불쑥 튀어나오며 내 독서를 당혹스럽게 만들었지만, 이 글을 쓰면서 생각하니, 그것은 시집이 내게 닿은 최초의 문장-형식이자 매력이었다.

분명한 것은, 시인의 문장을 읽으면 읽을수록 구석으로 내몰렸던 사물들이 각각의 색과 형체를 갖고 손에 잡힐 듯한 질감을 쏟아냈다는 것이다. 특히 사태를 받아들이고 내면화하는 방식에서는, 문장에 마법이라도 거는 것처럼 문장 스스로 작동하도록 만들었다. 가령, "가난한 바람의 이마를 / 그 이마를 지그시 누르던 가난한 창을 / 그 창틀에 발끝이 걸려 있던 가난한 달빛을 / 그 달빛의 머리를 가만히 내려다보던 또 하나의 가난을 // 아무 일 없다는 듯 바라보는 // 이 남루한 생이여 // 저 화려한 달이여 // 농담처럼 번지는 이 저녁의 밥 냄새를 맡으며 // 가난은 다시 가난의 어깨에 이마를 대고"(「가난이 가난의 어깨에 이마를 기댈 때」)라는 문장에 내재된 어떤 '확인되지 않은 힘들'이 내 시선과 악력(握力)을 밀쳐냈고, 그 강도는 대못이 빠져나간 구멍을 만지는 것처럼 뚜렷했다. 더불어

"지금까지 우리는 끊임없이 어딘가에 앉아 혹은 어딘가에 서서 때론 어딘가에 기대어 준비 중이었다 의자 위에서 소파 옆에서 길 뒤에서 가로등 앞에서 준비 중이었다 노트를 펼치고 펜을 들고 가위를 꺼내고 풀칠을 하고 나무를 붙이고 통장을 떼어내고 버스를 오리고 촛불을 바르고 싹둑 신발을 자르며 준비 중이었다"(「여우야 여우야 뭐 하니」)고 생활을 명징하게 요약하는 이 담대함이 시인의 문장들을 마르지 않는 샘처럼 여울지게 했던 것이다.

　미리 말해두지만, 시인의 문장은 두드리지 않으면 절대로 열리지 않는다. 안면 근육이 경직될 정도의 '집중'이 필요하다는 말은 아니다. 문장을 읽되 입술을 느슨하게 이완시켜야 하며, 그 뜻을 받아들이되 숨은 의미를 찾아내려고 노력해서는 안 된다. 시인의 문장은 우리를 매혹한 표면의 반짝임이 그대로 내부로 투영된다. 석고에 갇힌 상(象)이 집요한 고무망치 충격으로 닫혔던 상(像)을 활짝 여는 것과 같은바, 그 자체로 급격하고 가파르며 거칠고 특이한 내륙을 펼쳐내는 과정이다. 애초에 세계에 던져져 있던 의미들이 (나와는 상관없는) 끝없이 내게로 기울어지는 무의지적 사태를 단순히 바라보지 않고, 오히려 그 사물들의 새로운 인과와 연관에 의해, 다시 말해 사물들이 '지금-여기에' 존재하는 각각의 방식과 그 얽힘의 자립적인 원리에 의해 '문득'(혹은 '갑자기') 솟아오른 형상들을 적극적으로 찾아내는 것이다.

그러므로 시인이 담는 언어들은 생활이라는 경계를 진동하면서 일상성을 뒤흔들어버린다. 조사 앞에 갑작스러운 쉼표를 찍는다든지 술어의 리듬을 산출하기 위해 전혀 어울리지 않는 단어들을 앞뒤로 잇고 계속 반복시킨다든지 하는, 그런 예기치 않은 방편들을 통해 문장의 풍경을 낯설게 만든다는 말이다. "그러자 네 귀는 // 아침을 걷던 해변을 담고 해변의 모래알을 그 모래알이 고이던 발자국을 그 발자국을 따라 걷던 그림자를 담고 그림자가 걸려 넘어진 노을을 / 그 노을이 밀어내던 / 네 눈물을 / 네 눈물을 탐하던 / 내 입술을 / 내 입술이 탐하던 // 그날을 담고 있었다"(「딸꾹」)는 문장과도 같이. 혹은 "내가 본 펭귄은 지하도를 내려가고 있었고 / 그가 본 하마는 건널목의 중앙에 서 있었다고 해 / 얼룩말이 골목길을 나오다 그녀와 눈이 마주쳤지만 아는 척하지 않았고 / 원숭이 두 마리가 자전거의 안장에 앉아 그를 모르는 척했지 / 레코드점에 들어선 고릴라의 취향을 너는 알 리 없고 / 내가 듣고 있는 음악을 들려줄까 했겠지만 / 나무늘보가 매달려 있는 저 높은음자리표도 얼마 후 잊혀지겠지"(「긴 목소리로 울다」)와 같은. 물론 이러한 '산출'과 '운용'이란 무엇인가를 의도하기 위한 형식상의 디테일과 포즈, 미장센에서 적극적으로 표출돼야 하지만, 적어도 최미경 시인의 문장에는 그러한 인위와 의도 따위는 보이지 않는다.

2

문장을 둘러싼 이러한 사태를 우리는 '우연의 미학'으로 일컫는다. 그것은 질서에서 체계를 박탈한다. 완성에서 시작을 뽑아내고 문장의 너머나 여백으로 던져버린다. 요컨대, 시인의 체계 안에서는 내적 논리로 충분히 무장되어 있으며 그에 따라 자신의 문장들을 아우르고 통할(統轄)하지만, 독자들이 읽어내기에는 뭔가 결여된 채 방치되어버린 공백으로 빨려들어가는 것이고, 비로소 최미경 시인이 가진 마법에 빠져들게 된다. "그렇게 오랜 시간이 흐드러졌을 때 / 어느 날 불쑥 누군가 새를 찾았지만 / 새는 온데간데없고 / 새의 뿌리만 가지 끝에 오롯이 박혀 있었다"(「비무장지대」)는 문장을 보라. '새'와 '새의 뿌리', 그리고 '비무장지대'라는 각각의 단어는 빙산과도 같아 그 바닥을 정확히 측정하기 쉽지 않지만, 문장의 결에 뒤엉켜 있는 예의 '확인되지 않는 힘'은 뚜렷이 작동하고 있다.

이 '우연의 미학'은 사물의 죽음 혹은 괄호-치기(에포케)로부터 촉발된다. 왜냐하면, 사물의 의미를 기존의 관습으로부터 정지시키고 사물이 스스로의 존재 안에 머물려는 집착을 벗어던지게 함으로써만 존재-함의 낯선 방식이 가능하기 때문이다. 그것은 하이데거가 포착했던 모든 감정의 원천인 불안을 '불안' 그 자체로써 이겨내는 것과 맥을 같이한다. 여기서 우리는 최미경 시가 태내에 가진 가장 원초적인 정서, 곧 '슬픔'의 정교한 각인들을 만나게 된다. 죽음을 시간 속에서 경험하는 '무'(혹은 없음)로 비유할 수 있다면, 그것은 불안이라는 거대한 감정의 격절(隔絕)로써 포섭될 것이고, '살아 있음'의 무간(無間)을 이겨낸 구원으로써 우리의 곁을 지킬 것이다. 바로 이 장소에서 슬픔이 깃들며, 시인의 문장이 산출된다.

3

앞에서 살폈듯, 시인의 문장이 서술하는 대상은, 문장의 형식이 하나둘 갖춰지면서 분명한 사건으로서 사출(射出)된다. 그러나 그 문장은 결코 사물에 닿지 않고 계속 미끄러지며 사물을 비켜가다가 우연히 한곳에 자리 잡으며 그 기세를 몰아 사물에 덧붙여진 의미의 '높이'를 일순간에 허물어뜨린다. 봄이 겨울을 무너뜨리는 '힘'이자, 사물들이 자신의 생명을 표현하는 적극적인 방법으로써 '시-쓰기'다. 물론 그것은 개념화된 사유의 공허함처럼 변증법적으로 종합되지 않으며, 흐름의 단절을 통해 메시아, 곧 '구원'(살아 있음, 곧 실존)의 이미지로써 표상된다.

그게 봉숭아 꽃잎이었다가 그게 개나리 꽃잎이었다가 그게 목련 봉우리였다가 그게 사과꽃이 되기도 한다 그러다 통통 튀는 너는 작게 웅크리고 앉아 투명한 우물이 되었다가 길게 드러누워 노오란 강물이었다가 데굴데굴 구르며 연두색 바다가 되기도 한다 그러다 너는 그 바다에 발을 살짝 담그는 푸른 갈매기였다가 젖은 날개를 털며 밤하늘의 별이 되었다가 별이 떨어진 자리마다 살굿빛 눈물이 되기도 한다 너는 말이다 너는 그렇게 말이다 내가 보이지 않는 그곳에서도 잘 버티고 잘 지내고 잘 살아, 있었구나 너는 말이다 그렇게 말이다

　—「봄과의 채팅」부분

봄이다. 봄은 봉숭아 꽃잎에 깃들기 시작했다가 어느 순간 개나리 꽃잎으로 옮겨간다. 보송보송한 솜털로 온몸을 덮어버리기만 할 줄 알았는데 눈을 드니 목련도 몽우리마다 두툼한 외투를 입은 채 아직 피지 않은 '흰 꽃'을 보살피고 있다. 우물에서는 겨우내 얼었던 샘이 녹아 흐르기 시작한다. 그 흐름과 결은 개울과 강물로 이어져 바다에 닿는데, 마침 푸른 갈매기 한 마리가 그 바다에 살짝 발을 담그는 것이다.

그렇게, 다시 봄이다. 연둣빛 젖은 날개를 터는 밤하늘의 별이었다가, 그 별이 떨어진 자리마다 살굿빛 눈물이

솟는, 불가해한 봄이다. "내가 보이지 않는 그곳에서도 잘 버티고 잘 지내고 잘 살아, 있었"다니, 그 잔인하도록 질긴 생명력을 보면서 시인은 인간의 모든 삶을 전방위적으로 초월하는 계절의 '그러함'에 새삼 놀라는 봄이다. 살아 있음의 실존이 가장 명징하게 발현되고, 멈추고 단절되었던 생명이 다시 시작되는 순간으로서의 봄은, 시인의 문장을 통해 매 순간 '결핍'과 '상실'로부터 '윤리'와 '생명'의 있음에 연결되면서 죽음과 같은 '겨울-이미지'로부터 '구원-이미지'를 이끌어내는 것.

이처럼 봄에 담긴 구원-이미지는, "너는 말이다 너는 그렇게 말이다 내가 보이지 않는 그곳에서도 잘 버티고 잘 지내고 잘 살아, 있었구나 너는 말이다 그렇게 말이다"라는 문장과 적극 호응하며, 시인을 사물의 핵심으로 곧장 데려가버린다. "내가 서 있는 이곳에서 ― 네게 떠나온 그곳은 ― 얼마만큼 멀까 // 한 번도 가본 적이 없는 곳으로 / 알 수 없는 것과 / 알고 있는 것들을 한꺼번에 끄집어 올려 그저 / 서해 서해 서해, 라고 불렀을 뿐인데 / 입에서 밀려 나온 파도가 꼭 너에게 닿을 것 같거든 // 세웠던 차를 다시 몰고 이 길의 반대편으로 달린다면 / 네가 간다는 그곳에 도착할 수 있었을까 / 밀려가고 밀려오는 생각의 파도를 멈출 수 있었을까 / 혹시 / 너를 / 건져 올릴 수 있었을까 / 그걸로 너의 푸른 피를 돌게 할 수 있을까 / 그것으로 너의 발을 너의 손을 차분히 적실 수 있었던 걸까 / 그럴까 / 과연 그럴까"(「그럴까」)라는 문장에 함축된 것처럼, 봄은 "너의 푸른 피를 돌게" 하는 질문으로써, 질문 자체를 완성한다.

4

과연, 시인의 시-쓰기에 각인된 이 '구원-이미지'는 무엇일까. 자본주의가 극대화된 현대 사회에서 언제 도래할지 모르는 파국의 '멈춰 세움'일까. 아니면 인간의 본래적 의미를 잃어버린 우리 세대에게 던지는 화장기 전혀 없는 민낯으로서의 원(原)-표정일까. 그것이 어떤 의미를 내포하든, '구원'이란 최미경 시인이 집중하고 풀어내며 문장으로 다시 잇는 사물들의 흐름이자 물결이며 고유한 메시지임은 분명하다. 그것은 시인의 목소리에 은밀히 잠겨 있는, "죽음이 주고 떠난 작은 입술"(「사라진 꽃」)과 같은 '비밀의 방'이다.

시인이 펼쳐낸 죽음이 이와 같으므로 시인에게 구원은, "겨울 초입 / 집 앞 자두나무를 잘랐다 / 뿌리가 시멘트를 뚫고 올라 / 잘라야만 한다고 했다 // (중략) // 떨어지는 잎들이 / 주저앉는 입술이 / 쏟아지는 말들을 덮고 / 가라앉았다 // 지킬 게 있는 못난 놈들끼리 끝까지 버티는 것을 보았다 / 그렇게 // 자두나무 숨결이 부서져 내리고 있는 것을 보고만 있었다"(「자두나무를 베다」)는 생활의 '메타포'에서 출발하지만, 관습과 익명의 결핍과 상실을 이겨내며 마침내 죽음을 넘어서는 삶의 고유성과 전체성으로 귀결된다. 이것이 죽음으로부터 삶을 완성하는 방식으로, 레비나스가 적절히 언급했듯, "죽음은 시간 안에 있는 어떤 부분이 아니"며, 오히려 "시간이 근원적으로 존재해야 함, 즉 죽어야 함"이다.[1]

최미경 시인의 이번 시집은 '죽음'의 이러한 양가적 속성(ambivalence), 다시 말해 '구원'과의 친연성(혹은 '양립-가능성')에 대한 상상의 구체화다. 이에 대한 그의 감각은 거의 생래적이다(그렇기 때문에 그의 불규칙한 문장 쓰기에는 인위나 의도가 전혀 보이지 않는다). 그가 「어둠 속에서 슬픔이 문을 두드릴 때」에서 우리에게 속삭이는 것처럼, 죽음이라는 철저히 개별적인 사건을 통해 사물을 그 관습과 익명으로부터 돌려세운다. 사물 본연의 그러함이고, 그 어떤 감정도 개입되지 않는 '사물-에로-의-사로잡힘'이다. 강조한다면, "꽃도 없이 / 사라져버리리 / 잎도 밝히지 않고 / 타오르"(「밤을 달다」)겠다는 의지의 발현이기도 하다. 이 과정은 "뿌리에서부터 연결된 꽃의 심지는 / 봄이 되면 죽음까지 타오른다"(「꽃이 질 적에」)는 문장처럼 상처를 새로 돋게 하는 '죽음'으로써의 '치유'와 '용서'와 '정화'다.

---

1) E. 레비나스, 김도형 외 옮김, 『신, 죽음 그리고 시간』, 그린비 2013., 66쪽.

다시는
사랑이 찾아오지 않기를
다시는 내 삶에 사랑이 없기를

이 아름다운 날들이 모두 그저 그렇게 지나가길
나에게 아무 날도 아무 일도 아무 시간도 아무 사건도 생겨나지
않기를

이 봄날이 그저 바삐 쓸려나가길
그 흔한 나비 한 마리도 들어서지 않기를
온다 하여도 나 차마 모르길
　—「그런 날」 전문

　놀랍게도 시인은 "다시는 내 삶에 사랑이 없기를" 바란
다. 사랑의 달콤한 황홀과 매혹과 격정과 염려가 더 이상
시인에게 깃들지 않고 손가락 사이로 빠져나가는 잔바람
처럼 흔적조차 찾을 수 없게 되기를 기도하는 것이다. 사
랑으로 파생된 상처들은 또 다른 사랑으로 덧씌워져 아
무는 게 보통인데, 시인은 유달리 더 이상의 '사랑'을 바
라지 않고, 사랑의 무화 혹은 완전한 소멸을 바란다. 무슨
이유일까. "이 아름다운 날들이 모두 그저 그렇게 지나가
길 / 나에게 아무 날도 아무 일도 아무 시간도 아무 사건

도 생겨나지 않기를" 갈망하는 마음 모퉁이에는 도대체 어떤 형상들이, 사건과 사태들이 버려져 있는 것일까.

다시 말하자. 시인의 역설적인 능동성은 사랑을 부정하는 것일까. 아니면, 사랑할 때 함께 술렁거리는 감정의 과잉과 남김없이 소진되는 육체의 열정을 침묵하는 것일까. 어쨌든 그는 사랑과 그 주변을 부정하면서, 사랑의 그 모든 아름다움이 자신에게 머물지 않기를 바라는 것이지만 '사랑' 그 자체에서 배제되거나 해방될 수 없다. 왜냐하면 시인에게 사랑이란 이미 세계를 구성하는 감정의 가장 넓은 외연이자 깊이이며 그것을 부정한다는 것은 오로지 사랑-안-에서-의 '부정'일 뿐이기 때문이다.

따라서 한 마리의 '나비'로 표상되는 사랑의 도래는 부정이 긍정으로 역전되는 사태의 반전일 수밖에 없다. 시인은 부정함으로써 스스로에게 깃드는 모든 사랑을 긍정하며, 따라서 그가 '아무 날'의 '아무 일'과 '아무 시간', '아무 사건'으로 추상화시킨 것들은 생생한 표정과 냄새, 온도를 갖고 구체적으로 형상화된다. 그것은 내가 네 몸 위에 뿌리고 흘리며 쏟아 붓는 '글자'로써, 그 글자들에 새로 돋는 "희고 찬 이빨들"(「종이 위에 시를 쓰다」)로써. 하여 여기에서의 '아무'는 "바람은 너를 지날 때마다 네 웃음을 삼키고 / 큭큭 킥킥대는 소리로 5월이 가득 찼어 / 웃음소리는 웃음소리와 겹치고 웃음소리는 웃음소리와 부딪치고 웃음소리와 웃음소리가 맞물리고 웃음소리와 웃음소리가 꼬여서 웃음소리 웃음소리가 넘어지고 뒹굴고 가엽게 떠다니기 시작했"(「5월」)다는 사건들의 투명함 그 자체다.

　우리는 위의 시에서 '사랑'이 오히려 긍정되는 반전을 읽었다. 이것은 죽음과의 관계에서도 마찬가지인데, 시인이 구원 그 자체를 죽음의 한 현상으로 간주하는 발상의 완벽한 전환을 목격하게 될 것이다. 그것은 '용서'라는 말에 담긴 '살의 베어줌' 혹은 '구원으로서의 죽음'이다.

　　그만 가렴 얘야

　　네 잘못이 아니란다

　　너 때문이 아니니

　　그만 돌아가렴

　　눈이 언제부터 왔는지

　　바람이 흔드는 저 나무

　　바람이 뿌려놓은 저 달빛

　　바람이 주워 담는 저 그림자 위로

　　쏟아지고 있구나

　　쌓여가고 있구나

　　희고 흰 무게를 견디지 못하고

　　나뭇가지는 부러지고

　　달빛이 휘어지고

그림자가 묻히는구나

창밖은 온통 흰 소름

적막하구나

그만 가렴

얘야, 네 잘못이 아니란다

너 때문이 아니니

그만

그만 돌아가렴

　—「어둠 속에서 슬픔이 문을 두드릴 때」 전문

　시인은 어린아이를 보며 계속 말한다. 마치 주문을 외우듯 "그만 가렴 얘야 / 네 잘못이 아니란다 / 너 때문이 아니니 / 그만 돌아가렴"이라고 되뇌는 것이다. 이 같은 상황을 가만히 펼쳐보면 여지없이 양가성이 발견된다. 자신의 행위에 붙박여버린 아이의 이상행동, 혹은 고통스러운 행위에 부가된 '치유-언어'가 그 표면이며, 또한 뒤이어 산출된 문장들 곧 "눈이 언제부터 왔는지 / 바람이 흔드는 저 나무 / 바람이 뿌려놓은 저 달빛 / 바람이 주워 담는 저 그림자 위로 / 쏟아지고 있구나 / 쌓여가고 있구나"라는 문장들에 부가되는 자연의 지극한 '자연스러움'이 그 내면이다. 내려 쌓인 눈의 무게를 이기지 못해 나뭇가지가 부러지고, 달빛도 휘어지며, 그림자가 묻히는데,

그래서 "창밖은 온통 흰 소름 / 적막"일 뿐이지만 이 모든 것은 '자연의 그러함'이라는 것. 그러니 붙박인 채 고통스러워할 필요가 없지 않은가.

그것은 구원이 '죽음'과 관계 맺는 방식 가운데 하나다. 죽음을 존재의 무(無)로 혹은 단절과 폭력으로 간주하는 것이 아닌, 개체와 개체의 이어짐으로 완전히 돌려세우는 과정의 하나라는 말이다. "밤꽃과 접시꽃과 해바라기를 차례로 보내고 백일홍이 오는 걸 보았다 / 백일홍 지고 나니 국화가 피었고 국화가 지고 나니 그 시절이 다 지났다 // 아무리 기다려도 너는 지지 않았다"(「뭇 꽃이 다 지도록」)라는 문장은 명백히 '죽음'을 그것의 유연한 흐름과 물결에 대한 알레고리로 보는 것이다. 죽음만큼 확실한 것은 없으며, 아무리 집단기억으로 존재한다고는 해도 그 누구도 죽음을 경험한 자는 없다.

다만, 시인은 감정을 죽음을 향해 불안정하게 방치하지 않는다. 설령 그런 측면이 있다 하더라도 이 '미지의 것들' 혹은 '확인되지 않는 힘'을 일정한 흐름에 올려놓으면서 무수한 질문과 윤리를 이끌어낸다는 것을 잊어서는 안 된다. "죽음이 내게로 온다"와 "나는 죽음을 향해 간다"는 문장은 그 시선이 바라보는 지향성 차원에서 완전히 다르기 때문에 우리는 갑작스레 멈춰버린 시의 지평을 다시 한 번 일으켜 세우고 또한 재구성하게 된다.

5

내가 시인의 문장에서 읽은 또 하나의 중요한 사태는
삶의 도처에 자리 잡은 '슬픔'의 명백함 혹은 그 단단함이
다. 슬픔이 시인에게 명백한 까닭은 "어제는 슬펐다 오늘
아침 일어나보니 이유는 생각이 나질 않"(「거기 내가 있고」)
을 만큼 '슬픔'에 붙박여 있거나 사로잡혀 있기 때문이고,
그것이 시인의 문장을 단단하게 만드는 까닭은 "이 험난
한 발자국들 / 이 험악한 골짜기들 / 이 험담한 사생활들"
에 슬픔이 집결됨으로써 "더. 뭐도 없는 더를. 나는 자꾸
되씹어대고 / 음악 같지도 않은 노래들을 종이 위에 쏟아
내며 마음 같지도 않은 마음들을 / 암호처럼 지껄이면서
나는 자꾸 뭐도 없는 너를, 너를 자꾸 되씹"(「모든 것이 다
너이던 시간」)기 때문이다.

확실히 슬픔이란 시인이 가진 정서들의 가장 먼 외연이
자 시인의 다른 감정들을 움직이는 바탕이다. 시인은 「파
헤쳐진 문장」에서 "슬픔, 이라는 단어의 목구멍 안에는 빛
나는, 이란 단어가 걸려 있"다고 언급하는데, 이때 '빛나
는 슬픔'이라는 형용은 자신의 내부에서 문장의 심지들을
곧게 세우고자 하는 시인만의 의지를 함축한다.

그런데 이 슬픔은 어디서 온 것일까. 시인은,

불쑥 들어왔다

바람도 없이
그 골목을 헤집고
나를 찾아냈다

그때 나는 벽 없는 집에서
꼬르륵 꼬르륵 아무렇게나 굴러다녔고
한쪽 손은 까맣게 언 채
다른 가슴은 차게 떼어낸 채
널 바라보고 있었다
—「어떤 낮」 부분

고 고백하지만, 이것은 어쩌면 살아감의 처절한 실존에
서 시작되어 일상 곳곳으로 파고들며 흘러넘친 슬픔의 그
집요한 단절을 비유하는 말일지 모른다. 시인에게 적어도
'슬픔'이란 나의 벌거벗음이라는 간결하고도 냉철한 사실
이다. 활짝 열린 문을 들여다보듯, 아무런 가감 없이 자신
의 내부를 보여주는 것이다. "그 자리에 기대고 있는 / 어
제도 그제도 그 자리에 기대어 손톱 끝을 깨물었고 / 저
자리에 서 있는 / 내일도 모레도 저 자리에 서서 올 나간

스타킹을 벗을까 말까 고민하면서 / 아무것도 아닌 일들이 아무렇지 않게 지나가는 저녁 / 재채기를 하고 팬티를 널고 라면을 끓이고 / 소리를 지르고 이마에 손을 올리는"(「아무것도 아닌 것들이」) '나' 자신에 대한 실존 그 자체로써.

따라서 그 어느 누구도 나를 대신해 슬퍼할 수 없다는 이유 하나만으로, 슬픔은 '죽음'과 더불어 존재의 가장 고유하고도 은밀한 사건이 된다. 그러므로 스스로를 자신에게서 추방하거나 유배함으로써 내가 '나 자신'으로 되돌아가며, 그 과정을 통해 한 사람의 생(生)을 실존으로서 꾸준히 정립하는 것이 바로 '슬픔'이 가진 내재성이자 고유한 힘이다.

눈물과 빗방울이 그렇고

그 눈물이 맺힌 눈과

그 빗방울이 맺혀 있던 마당 봉숭아 꽃잎이

그렇다

눈이 잠시 감겼던 그 저녁과

마당에 내려앉던 이 저녁이

그렇고 서로를 통과할 수 없었던 시간이

그 시간을 모른 척 돌아나가던 가로등의 낮은 불빛이 그렇다

그림자가 맞물려도 입술이 닿을 수 없었던

달을 나무를 작은 새를 귀뚜라미를
젖지 않고 매달려 있던 눈물과 빗방울을
모른 척하며
골목은 그렇게 서 있고
계단은 또 그렇게 내려선다

아름다운 것들은 서로 닮아
서로를 슬프게 바라본다
—「아름다운 것들은 서로 닮아 있다」전문

　인용시를 움직이는 것은 '그렇다'라는 형용사다. 그 단
어는 '눈물'과 '빗방울'을 매개하고, '눈'과 '봉숭아 꽃잎'
을 이어준다. '그 저녁'과 '이 저녁'을, '달'과 '나무', '작은
새'와 '귀뚜라미', '골목'과 '계단'을 서로 닿게 한다. 다만,
제목으로 미뤄, '그렇다'가 형용하고 긍정하는 것은 양자
의 배타적 양립을 통한 '닮아 있음'이다. 그것은 홀로 선
자들에게 허락된 '자기-의지'이자 그 '의지'를 토대로 펼
쳐지는 무수한 사물들의 상생(相生)이다. '닮음'이란 데
칼코마니처럼 겹쳐졌다가 기계적으로 분화되거나 통합되
는 것이 아니라, 자기 자신을 놓지 않은 채 타자로 스며드
는 것이다. 이 과정에서 새롭고 다양한 어떤 것들이 끊임
없이 만들어진다. 여기서 우리는 '슬픔'을 단순히 감정의

제로-지대가 아닌 생성의 복합적인 좌표들로 간주할 수 있게 된다.

시인은 눈물과 빗방울의 닮음에서 시작한다. 그런데 그 '닮음'은 유사한 형태를 벗어나서는 곧바로 사물들로 확장된다. 눈물이 맺혔던 '눈'과 빗방울이 맺혔던 마당의 '봉숭아 꽃잎'이 닮음의 대상이 된 것. 또한 "눈이 잠시 감겼던 그 저녁"과 "마당에 내려앉던 이 저녁"의 공간적 실존까지로 넓어지며 "서로를 통과할 수 없었던 시간"과 "그 시간을 모른 척 돌아나가던 가로등의 낮은 불빛"으로 공감의 영역이 확장된다. 이제는 시인이 경험한 대상들이 모두 닮음의 형태로 재결합하게 되지만, 이것은 그 자체로서 타자 속에서도 존재할 수 있는 주체의 순수한 감각으로 정립된다. 다만, 시인은 그 공감각들에 맺혔던 최초의 눈물을 '닮음'으로써 희석하지 않고 자신의 감정 또한 사막에 방치하지 않는다. 이를테면, 그는 두 개의 문장, 곧 "그림자가 맞물려도 입술이 닿을 수 없었던", "젖지 않고 매달려 있던 눈물과 빗방울을 / 모른 척하며"를 통해 자신의 닮음이 타자의 그것으로 전이되거나 덧칠되지 않았음을 암시한다. 그에게 슬픔은 골목과 계단이 그렇게 서 있거나 또 그렇게 내려서는 일이다. 닮아가되 자기 자신을 잃지 않는 것만이 슬픔의 '아름다움'이 될 수 있다.

*

따라서 "숨이 멎을 수도 있"(「저녁 7시에 울다」)을 만큼
의 슬픔이란 "나의 젊음 나의 무의미 나의 절망 나의 퇴폐
나의 환상 나의 허무로부터 / 나를 좀, 데려가줄래? / 나
의 순수 나의 희망 나의 미래 나의 소망 나의 행복으로부
터 / 나를 좀 데려가주면, 안 될까?"(「날 좀 데려가줄래」)라
는 질문 속에서 "저 새벽을 끌고 죽은 이에게 가면 / 죽은
이는 // 나는 죽지 않았네 나는 죽지 않았으나 널 위해 어
젯밤 죽었네 네가 탈 기차를 위해 네가 달고 올 밤을 위해
네가 서 있을 새벽을 위해 나는 죽지 않았지만 죽었네"(「
누군가 죽기를」)라는 불가해한 신화적 현상을 만들어낸다.
이 역설이 바로 "언 땅에 따뜻하게 데운 돌 하나를 올려둔
다"(「눈물은 어떻게 만들어지나」)로 시작해 돌 하나가 씨앗과
열매와 잎과 줄기, 그리고 개미를 이어주는 '슬픔'에 대한
표상이다.

조용함을 끝으로
문을 닫을 것이다
죽음을 말하는 것이 아니다
살아 있는 것을 해보려는 것이다

살기 위해 문을 만들고

살아 있으려고 문을 닫았던 그 시간들을 위해

문을 열고 들어왔던 첫바람

첫햇빛 첫눈물 그 처음의

모두는 사라질 것이고

사라진 자리의 올을 풀어 영원히 태어날 수 없는 열쇠 하나를

조심스레 뜰 것이다

그 열쇠로 문에 작은 구멍을 만들고

그 작은 구멍을 돌리면

마지막빗방울 마지막지붕 마지막강을 떠도는 마지막종이배가
출렁거리며 문을 밀고 쿨럭거리며 들어서서

시끄러움의 시작과 조용함의 끝을 잘 묶어

처음문손잡이와 마지막문의작은구멍과

하나의 열쇠를 잘 묶어

조용함을 끝으로 닫힐 것이다
—「슈뢰딩거의 고양이」 전문

우리는 죽어 있거나 살아 있지 않다. 죽음과 삶은 서로
에게 배타적이며, 어느 한 영역으로 들어서면 그것으로 확
정될 뿐이다. 반은 죽음인 채로 나머지 반으로서 삶을 살
수는 없다. 우리의 생(生)이 죽음을 향해 간다는 철학적

문장도, 살아 있음이라는 실존이 전제되기에 가능하다. 슈뢰딩거의 고양이는 이 양립할 수 없는 역설 그 자체로, 상자 속의 고양이는 우리가 확인하지 않아도 살아 있거나 혹은 죽었다. 그 외의 답은 불가능하다. 그러나 그러한 중간 지대가 가능한 영역이 있다. 그것은 "영원히 태어날 수 없는 열쇠 하나"로 비유된, '언어'다. 언어에는 반은 죽은 채로, 또 반은 산 채로 자신을 지속하는 어떤 불가항력의 존재를 가정할 수 있다. 여기서 우리는 최미영 시인의 시-쓰기의 원(原)-형상을 발견하게 된다.

시인은 "죽음을 말하는 것이 아니다 / 살아 있는 것을 "라고 쓴다(강조는 필자). 이 강조된 서술어는 목적어에 따라 아주 기묘하게 변한다. 이 문장은 '죽음'의 영역에 속한 어떤 존재(혹은 '힘')가 '삶'의 영역을 바라보면서 자신의 의지를 표출하는 것이기 때문이다. 슈뢰딩거의 '고양이'처럼 상호 침투가 불가능한 두 영역이 오로지 '언어'를 매개로 이어지고 있다. 그 존재는 "조용함을 끝으로 / 문을 닫"겠다고도 말한다. 만일 문을 닫는다면, 살기 위해 문을 만들고, 그 문을 열고 들어왔던 첫 바람, 첫 햇빛, 첫 눈물 그 처음의 '모두'는 사라질 수밖에 없다. 그럼에도 불구하고, 그 존재는 언어라는 '열쇠'를 통해 또 다른 사건들을 만들어낸다. "그 열쇠로 문에 작은 구멍을 만들고 / 그 작은 구멍을 돌리면 / 마지막빗방울 마지막지붕 마지막강을 떠도는 마지막종이배가 출렁거리며 문을 밀고 쿨럭거리며 들어"선다는 것. 죽은 존재와 산 존재가 동일한 '존재'라는 이 기막힌 역설을, 시인의 언어는 가능하도록 만들었다. 바로 그 '언어'가 시인이 집중하고 내면화한 '슬픔'의 본 모습이다.(*)

저녁 7시에 울다

1판 1쇄 발행	2021년 6월 30일
지은이	최미경
발행인	윤미소
발행처	(주)달아실출판사
책임편집	박제영
디자인	전형근
마케팅	배상휘
법률자문	김용진
주소	강원도 춘천시 춘천로 257, 2층
전화	033-241-7661
팩스	033-241-7662
이메일	dalasilmoongo@naver.com
출판등록	2016년 12월 30일 제494호

* 잘못된 책은 구입한 곳에서 바꿔드립니다.
* 책값은 뒤표지에 표시되어 있습니다.
* 이 책은 2021 경북문화재단 지역문화예술활성화지원사업으로 발간되었습니다.